grafit

Die dänische Originalausgabe »Se, døden på dig venter« erschien 1984 bei
Forum Publishers, Kopenhagen

Deutsche Erstausgabe

Chemnitzer Str. 31, D-44139 Dortmund
Internet: http://www.grafit.de
E-Mail: info@grafit.de

Umschlaggestaltung: Peter Bucker
Foto: Getty Images
Druck und Bindearbeiten: Clausen & Bosse, Leck
ISBN-13: 978-3-89425-547-3
ISBN-10: 3-89425-547-1
1. 2. 3. 4. 5. / 2007 2006 2005

Kirsten Holst

Der Tod steht auf der Schwelle

Kriminalroman

Aus dem Dänischen von
Hanne Hammer

grafit

Die Autorin

Kirsten Holst wurde 1936 in Lemvig geboren. Sie hat bisher 15 Kriminalromane geschrieben und ist mit dem Edgar-Allan-Poe-Preis ausgezeichnet worden. Ihre Romane wurden ins Schwedische, Finnische, Deutsche, Holländische, Tschechische und Japanische übersetzt.

Der Tod steht auf der Schwelle ist nach *Du sollst nicht töten!* (2000), *Wege des Todes* (2001), *In den Sand gesetzt* (2002) und *Volles Haus* (2004) der fünfte Krimi mit den Kommissaren Høyer und Therkelsen.

Außerdem erschien 2003 der Kriminalroman *Zu lebendig zum Sterben,* in dem Kirsten Holst zum ersten Mal die Detektivin Bea auf Mörderjagd schickt.

1

Der schwere, süße Duft des Geißblatts erfüllte die feuchte Abendluft und schloss alle anderen Gerüche aus. Die Ranken wanden sich an beiden Seiten des altmodischen Villeneingangs zu dem kleinen Balkon mit Eisengitter hoch und ihre hellgelben Blüten leuchteten im Dunkeln wie kleine, krumme Kinderfinger. Ein von dem Duft angelockter Nachtschwärmer flog so nah an seinem Gesicht vorbei, dass er die federleichte Berührung durch die samtigen Flügel auf seiner Haut zu spüren meinte. Einen kurzen Moment stand sein Herz still, dann begann es, allzu schnell und heftig wieder zu schlagen.

Du bist aus der Übung, alter Junge, sagte er sich. Oder du wirst langsam alt. Es besteht kein Grund, nervös zu sein. Verdammt, was du hier tust, verstößt nicht einmal gegen das Gesetz.

Trotzdem spürte er etwas von der Erregung, die immer von ihm Besitz ergriff, wenn Adrenalin ausgeschüttet wurde. Das war das Leben. Das einzige Leben, das zählte. Sein Leben.

Lautlos wechselte er die Stellung und nahm die Tasche in die andere Hand, während er leise lächelte. Vielleicht hatte er sich in Wirklichkeit deshalb für diese Vorgehensweise entschieden. Um noch einmal die Spannung zu spüren, um sich zu beweisen, dass er es noch konnte; um zu leben. Es war völlig unnötig, vorsichtig zu sein, aber es gehörte einfach dazu. Er hätte genauso gut zur Eingangstür gehen, schellen und, falls sie zu Hause war, die alte Dame bitten können, etwas aus der Wohnung ihrer Mieterin holen zu dürfen. Aber sie hatte bei seinem Anruf am Nachmittag misstrauisch und abweisend geklungen, sodass er nicht sicher war, ob sie eine wildfremde Person hereingelassen hätte. Außerdem wollte er nicht, dass man seinen Spuren allzu leicht folgen konnte.

Aus diesem Grund war er auch nicht zu seiner eigenen Wohnung gefahren. Er war davon überzeugt, dass Grete sich an ihre Abmachung gehalten hatte: Falls sie verreist war, wollte sie ihm eine Nachricht in den Briefkasten werfen. Er wusste, dass sie dort lag; auf Grete war Verlass. Doch im Moment half ihm das wenig. Er konnte nur hoffen, dass die anderen sie nicht gefunden hatten oder dass sie ausreichend verschlüsselt war.

Er trat aus dem Schatten und sah zu den Fenstern hoch. In keinem brannte Licht, und als er, bevor er hierher gefahren war, von einer Telefonzelle aus angerufen hatte, war trotz des langen Klingelns niemand ans Telefon gegangen. Die alte Dame war bestimmt in der Stadt oder sie schlief wie ein Stein. Nein, sie war wohl nicht zu Hause. Er lauschte angestrengt und glitt lautlos zur Eingangstür. Er konnte es genauso gut hinter sich bringen, sonst riskierte er nur, auf frischer Tat ertappt zu werden. Es gab keinen Grund, noch länger zu warten. Niemand ahnte, dass er hier war, alles war still und dunkel und der Lärm der Stadt nur als schwaches Brummen im Hintergrund zu hören. Man fühlte ihn mehr, als dass man ihn hörte. Es war über eine halbe Stunde her, dass er ein Auto auf der Straße gehört hatte, und das hatte sehr viel weiter unten gehalten. Anständige Menschen, die eine kleine abendliche Spazierfahrt gemacht hatten und zur bürgerlichen Schlafenszeit nach Hause kamen, schätzte er. Jedenfalls nichts, was ihn etwas anging.

Er steckte den Schlüssel ebenso lautlos in das Schloss der Eingangstür, wie er sich ihr genähert hatte. Im Grunde war das sein einziges Talent: sich lautlos zu bewegen, dachte er und schnitt eine Grimasse. Schon als Junge hatte er sich darin geübt und es später zur Perfektion entwickelt. Er konnte ungesehen und ungehört kommen wie ein Schatten.

Indianer hatten sie ihn auf dem Gymnasium genannt und der Name war an ihm hängen geblieben, auch nachdem sie herausgefunden hatten, *wie* effizient er in Wirklichkeit war.

Er schloss die Tür hinter sich und blieb einen Moment im Dunkeln stehen, um sich zu orientieren. Er war vorher nur ein einziges Mal hier gewesen, hatte es sich aber zur Gewohnheit gemacht, sich seine Umgebung einzuprägen. Man wusste nie, wann man dieses Wissen einmal brauchen konnte.

Langsam und vorsichtig stieg er die Treppe hinauf. Treppen konnten einem mit knarrenden Stufen und losen Geländern oder Leisten unangenehme Überraschungen bereiten, aber diese machte keine Probleme. Natürlich nicht, dachte er. Bei Grete war eine mit irgendwelchen Schäden behaftete Treppe einfach nicht vorstellbar.

Einen Moment später hatte er sich Zugang zu ihrer Wohnung verschafft. Die erste Phase war überstanden, jetzt kam die nächste und die war weitaus schwieriger. Wer suchet, der findet! Er musste suchen und vor allem musste er finden, auch wenn er die ganze Nacht dazu brauchte. Seine gesamte zukünftige Existenz, all seine Pläne, all seine Träume hingen davon ab.

Es roch ein wenig stickig in der Wohnung. Sein Instinkt sagte ihm, dass seit Gretes Abreise niemand hier gewesen war. Das war zumindest beruhigend. Es galt demnach lediglich herauszufinden, wo die gute, alte Grete ihn versteckt hatte. Wo könnte das sein? Bestimmt an keinem besonders originellen Platz, sagte er sich. Warum also nicht einfach mit dem Schreibtisch anfangen?

Er wagte nicht, Licht einzuschalten, sondern begnügte sich mit der kleinen MagSolitaire, deren Lichtstrahl er sorgfältig nach unten hielt. Der Schreibtisch stand am Fenster, ein großes altmodisches Monstrum mit Schränkchen auf beiden Seiten und einer Schublade in der Mitte. Eine Bodendiele knarrte leise, als er darauf zuging, und er trat schnell zur Seite, auch wenn das hier nicht nötig schien.

Er öffnete die Schreibtischschublade, zögerte jedoch leicht, als sie einen kratzenden Laut von sich gab. Dann schüttelte er über sich selbst den Kopf, zog die Schublade ganz heraus, ohne auf den Lärm zu achten, und begann, ihren Inhalt im Schein der Taschenlampe zu studieren.

Høyer und seine Frau saßen auf der Terrasse hinter dem Haus. Zwischen ihnen auf dem Tisch standen eine Weinflasche und zwei Gläser.

Høyer lehnte sich im Stuhl zurück, griff nach seinem Glas und trank einen großen Schluck. Er holte tief und genießerisch Luft. Eine Vielfalt von Düften prickelte in seiner Nase. Frisch gemähtes Gras, Erde, Rosen, Weißwein – ein Sommerpotpourri.

»Und jetzt geht der Mond auf«, sagte er. »Mein Gott, was will man! Und voll ist er auch noch!«

»Das bist du bald auch«, lachte seine Frau.

Das Licht vom Wohnzimmer fiel auf die Terrasse und im Hintergrund war gedämpft das Radio zu hören.

»Ich kann mir nie richtig darüber klar werden, ob es ein Sakrileg ist, Musik zu hören, wenn man draußen in der Natur sitzt, oder ein zusätzliches Plus«, sagte Høyer.

»Das kommt auf die Musik an«, sagte seine Frau. »Die hier passt doch ausgezeichnet zu der Stimmung.«

Sie lauschten beide. Es war eine Sendung über Bellman. *Trink aus dein Glas, der Tod steht auf der Schwelle.*

»Dann also Prost«, lachte Høyer. »Auch wenn ich das für eine schlechte Entschuldigung halte zu trinken.«

»Ich finde, man braucht überhaupt keine Entschuldigung«, sagte seine Frau. »Aber ich glaube, ich gehe rein und schalte aus. Oder willst du die Nachrichten hören?«

»Nein, Gott bewahre!«, rief Høyer. »Es geht uns gerade so gut. Stell dir vor, sie sagen, dass die Welt untergegangen ist, während wir hier gesessen haben. Das erfahren wir noch früh genug. Schalt aus.«

Er schenkte den letzten Wein in ihre Gläser, während er summte: *»Trink aus dein Glas, der Tod steht auf der Schwelle.«* Er drehte sich halb zu der Tür zum Wohnzimmer um. »Auf Schwedisch klingt das besser«, sagte er.

»Was klingt auf Schwedisch besser?«, fragte seine Frau, als sie wieder herauskam und sich setzte.

»Die Lieder von Bellman. Findest du nicht?«

»Darüber habe ich noch nie nachgedacht. Im Grunde schenke ich den Worten nicht viel Bedeutung.«

»Da sieht man es wieder. Die armen Dichter. Er hätte sich die ganze Mühe sparen können, wenn seine schönen Worte doch nur als Stativ dienen, um eine Melodie daran aufzuhängen.«

»In der Tat«, sagte seine Frau. »Und jetzt denke ich, dass du wirklich dein Glas austrinken solltest. Dein Bett ruft nach dir.«

»Eigentlich eine Schande schlafen zu gehen«, sagte Høyer. »Das ist der erste Abend in diesem Jahr, an dem wir draußen sitzen können. Und vielleicht bleibt es auch der einzige.«

Nach einer Reihe elender Wochen mit bedecktem Himmel, Kälte und Wind war das Wetter an diesem Abend plötzlich umgeschlagen. Der Wind hatte sich gelegt und die Temperatur war gestiegen. Der Sommer hatte seinen Einzug gehalten und sich wie ein warmer, weicher Teppich über Stadt und Land gelegt.

»Wenn wir klug wären«, fuhr Høyer fort, »würden wir noch eine Flasche aufmachen und noch ein paar Stunden hier sitzen bleiben.«

»Aber leider müssen wir morgen arbeiten«, seufzte seine Frau. »Der Fehler ist, dass in diesem Land der Sommer fast nie auf einen Samstag fällt.«

»Der Fehler ist, dass wir zu alt und pflichtbewusst geworden sind, um den Augenblick zu genießen«, sagte Høyer. »Wären wir zwanzig, würden wir einfach sitzen bleiben.«

»Als wir zwanzig waren, konnten wir uns keinen Weißwein leisten«, wandte seine Frau ein. Sie trat hinter seinen Stuhl und beugte sich mit den Händen auf seinen Schultern über ihn. »Aber wir werden uns bestimmt an diesen Abend erinnern«, sagte sie. »Für den Rest des Sommers.«

Høyer stand auf und nahm sie in die Arme. »Für den Rest des Lebens«, sagte er. »Den Rest des Lebens. Das ist so ein Abend.«

Høyer hatte Recht. Das *war* so ein Abend und er sollte sich für den Rest seines Lebens daran erinnern.

Die alte Kamma Greve schloss das Buch mit einem Seufzer und legte es auf die leere Hälfte des Doppelbetts. Dann schob sie ihr Kissen zurecht, lehnte sich gegen das Kopfende und atmete tief ein.

»Wie das duftet«, sagte sie zu sich selbst.

Das Klappfenster stand offen und der Duft des Geißblatts erreichte sie wie kleine, sanfte Atemzüge. Plötzlich begann draußen im Garten eine Drossel zu singen. *Meine Nachtdrossel,* nannte sie sie. Sie sang immer um diese Zeit, lange nach Einbruch der Dunkelheit und nachdem alle anderen Vögel zur Ruhe gekommen waren. Und das würde sie bis weit in den Juli hinein tun. Manchmal bildete sie sich ein, dass der Vogel nur für sie sang. Solange sie zurückdenken konnte, hatte eine Drossel in der Dornenhecke gewohnt, aber vermutlich war es nicht immer dieselbe gewesen. Vielleicht war es eine Ururururururenkelin der allerersten Drossel, die sie gehört hatte, als sie in dieses Haus gezogen waren.

Sie faltete die Hände über der Bettdecke und ging in Gedanken den Tag durch. Das war zu einem festen Ritual geworden. Ein Zeichen, dass sie alt war. Jeden Abend musste reiner Tisch gemacht werden, man wusste schließlich nicht, ob man am nächsten Morgen noch einmal erwachte.

Der Hund lag dicht bei ihr auf dem Läufer neben dem Bett. Im Moment atmete er tief und ruhig, aber zuweilen holte er stoßweise Luft, fuhr mit den Beinen Rad und fiepte leicht im Schlaf. Sie ging davon aus, dass er träumte. Auch wenn sie sich nicht vorstellen konnte, wovon ein Hund träumte.

Es war ein guter Tag gewesen, stellte sie fest. Und lächelte unwillkürlich über sich selbst, weil sie jeden Abend zu diesem Fazit kam. Jeder Tag brachte neue Gebrechen, neue Probleme, neue Zeichen, dass sie immer älter wurde, und jeden Abend stellte sie trotzdem fest, dass es ein guter Tag gewesen war. In ihrem Alter genügte es vermutlich zu überleben, um von einem guten Tag zu sprechen, dachte sie. Sie würde noch wie diese schreckliche Person in dem Stück von Becker enden. Wie hieß sie doch gleich? Bodil Udsen hatte die Rolle gespielt, aber wie hieß sie? Fanny? Nein, nicht Fanny. Mary? Nein, Mary auch nicht.

Die alte Dame lag mit geschlossenen Augen da und versuchte, sich an den Namen zu erinnern. Irritierend, wie die Namen eine Tendenz entwickelt hatten zu verschwinden. Winnie, dachte sie plötzlich triumphierend und machte die Augen auf. Es war jedes Mal ein Triumph, wenn sie ihr schlechtes Gedächtnis besiegte.

Ja, es war ein guter Tag gewesen, dachte sie noch einmal, fühlte jedoch gleichzeitig, wie ein kleines Unbehagen sich tief in ihrem Inneren zu regen begann. Die Andeutung eines schlechten Gewissens. Sie hatte es eigentlich erfolgreich verdrängt, aber das mit dem Namen hatte sie wieder daran erinnert.

Natürlich war das Fanny gewesen, die angerufen hatte, und natürlich hätte sie abnehmen sollen, aber sie hatte gerade Radio gehört, die letzten Minuten des Abendfeuilletons, und die hatte sie nicht verpassen wollen. Außerdem wusste sie, dass es Fanny war. Ihre Schwägerin war die Einzige, die so spät noch anrief, und ihr zuzuhören war bei Gott nicht aufbauend.

Aber sie hätte trotzdem ans Telefon gehen sollen. Oder später zurückrufen, als die Sendung vorbei war. Sie hätte sagen können, dass sie im Bad gewesen war, als der

Anruf kam. Vielleicht war Fanny unruhig geworden. Sie malte immer den Teufel an die Wand und hatte das Telefon wirklich lange klingeln lassen, bevor sie aufgelegt hatte.

Die alte Kamma Greve lachte lautlos. Fanny sollte nur wissen, dass sie die Kaffeemütze über das Telefon gestülpt hatte. In Gedanken sah sie Fanny unter der Kaffeemütze sitzen und plappern. Im Grunde genommen war der Gedanke lustig, auch wenn er nicht besonders nett war.

Außerdem war es albern, ein schlechtes Gewissen zu haben, nur weil man einmal nicht ans Telefon gegangen war. Es hatte schon eine sonderbare Macht über einen. Man kam sich wie ein Drückeberger vor, wenn man nicht dranging. Na schön, dann hatte sie sich eben gedrückt, geschehen war geschehen, und wenn Fanny morgen anrief, musste sie so tun, als sei sie wirklich im Bad gewesen.

Also doch ein guter Tag.

Sie hatte wieder einmal überlebt.

Aus irgendeinem merkwürdigen Grund hing sie noch immer an ihrem Leben.

Sie und der Hund mussten den Laut gleichzeitig gehört haben.

Er richtete sich auf, hob den Kopf und stupste ihre Hand an, während er leise knurrte.

Sie lauschte. Jetzt war es fast vollkommen still, sie hörte nur die Drossel und das schwache Rascheln aus dem Garten, aber da war etwas gewesen. Ein Laut. Hier im Haus. In einem alten Haus gab es immer viele Geräusche, knarrende Böden, seufzende Wände, aber das war keiner der gewohnten Laute gewesen. Das war eine Tür, die irgendwo ging. Fast, aber nicht ganz lautlos. Und ihrem Gehör zumindest fehlte es an nichts. Ganz im Gegenteil.

Wieder knurrte der Hund.

»Ssst«, flüsterte sie und legte ihm die Hand auf den Kopf, während sie in das Dunkel lauschte.

Sie fühlte mehr, als sie hörte, dass oben jemand herumging. Und das war definitiv nicht Grete Krag. Zum einen war sie in Urlaub und zum anderen trat sie anders und kräftiger auf, wenn sie ging. Die jungen Frauen heute traten so hart auf, dachte Kamma Greve bedauernd. So unschön. Nein, Grete Krag war das nicht. Sie würde sich nicht mitten im Urlaub nachts nach Hause schleichen. Sie umgab immer ein gewisser Lärmpegel.

Aber wenn sie das nicht war, dann …

Jetzt war es wieder still. Das Dunkel schloss sich um sich selbst. Vielleicht hatte sie sich doch geirrt, aber der Hund hatte auch etwas gehört.

Sie strengte ihr Gehör an.

Und dann hörte sie es.

Das Geräusch einer Schublade, die herausgezogen wurde.

Sie erkannte das Geräusch. Das war Grete Krags Schreibtischschublade. Sie war einfach hoffnungslos. Sie hakte und man musste daran rütteln und ziehen, obwohl Grete Krag es mit Stearin und Bohnerwachs und Sandpapier versucht hatte.

»Und wer versucht Fräulein Krags Schreibtischschublade mitten in der Nacht zu öffnen, während sie in Urlaub ist, mein lieber Watson?«, fragte sie sich.

Die Antwort lag auf der Hand.

Ein Einbrecher!

In der Wohnung über ihr musste ein Einbrecher sein.

Wahrscheinlich ein Rauschgiftsüchtiger.

Sie hatte gehört, dass die meisten Einbrüche von verzweifelten Rauschgiftsüchtigen verübt wurden, die nach Geld für neuen Stoff suchten.

Und wenn diese verzweifelte Person in Grete Krags Wohnung nichts fand – und dessen war sie sich ziemlich sicher –, was würde sie dann tun?

Auch die Antwort darauf lag auf der Hand.

Die alte Kamma Greve setzte sich im Bett auf und schwang die Beine auf den Boden. Sie suchte mit den Füßen nach ihren Pantoffeln, während sie resolut nach dem Telefon griff, das auf dem Nachttisch stand.

Dann wählte sie die 110.

Der Indianer schloss vorsichtig die Schreibtischtür und erhob sich mit einem Seufzer. Das war der Schreibtisch und hier war er nicht, darauf könnte er schwören. Aber wo dann? Und was jetzt? Sollte er systematisch das Wohnzimmer durchsuchen und sich dann die anderen Räume vornehmen oder seinem Instinkt folgen? Wo zum Teufel konnte sie ihn versteckt haben? Lautlos öffnete er die Tür zum Schlafzimmer. Ja, vielleicht unter der Matratze, unter ihrer Unterwäsche, in der Nachttischschublade, aber das war fast schon zu offensichtlich. Wenn sie ihn nicht im Schreibtisch versteckt hatte, hatte sie sich bestimmt etwas Cleveres einfallen lassen. Jeder sah sich heute Kriminalfilme an und las Spionageromane. Es gab also viele Möglichkeiten.

Er schloss die Tür wieder und ging in die Küche, wo er den kleinen Lichtstrahl von Schranktür zu Schranktür wandern ließ. Er verweilte einen Augenblick auf der Kühlschranktür und für einen kurzen Moment hatte er ein ganz deutliches Sehr-heiß-Gefühl, aber im selben

Moment ließ das Motorengeräusch eines Autos ihn erstarren und die Taschenlampe ausschalten. Lautlos ging er zurück ins Wohnzimmer und stellte sich, halb von der Gardine verborgen, ans Fenster. Jetzt sah er das Licht der Autoscheinwerfer langsam näher kommen.

Na und? Es wäre verwunderlicher, wenn den ganzen Abend kein einziges Auto vorbeikäme. Die Straße war eine Sackgasse, die an einem Wendehammer mit Parkplatz endete, sodass selbst Leute, die jemanden am Anfang der Straße besucht hatten, vermutlich bis zu ihrem Ende fuhren und dort wendeten.

Das Auto hielt vor dem Haus. Vielleicht war es die alte Dame, die nach Hause kam.

Er hörte, wie Autotüren nahezu gleichzeitig geöffnet und wieder geschlossen wurden, und zog sich noch ein wenig weiter zurück, während er noch immer einen Zipfel der Gardine festhielt.

Jetzt waren Schritte auf dem Weg unten zu hören. Langsame, zögernde Schritte. Wachsame Schritte, dachte er und spürte, wie ihm am ganzen Körper der Schweiß ausbrach.

Konnte es sein …? Nein, das war unmöglich. Außerdem hörte er, dass es zwei waren.

Jetzt konnte er sie auch sehen. Zwei Männer, die hintereinander den schmalen Weg heraufkamen. Das Mondlicht spiegelte sich in den Metallknöpfen ihrer Uniformjacken.

Polizei!

Was zum Teufel wollten sie hier?

Er war sich sicher, dass niemand ihn hatte hereingehen sehen und hören. Warum tauchten sie dann so plötzlich auf?

Er dachte kurz nach. Was konnte ihm schon passieren? Er hatte ein Recht, sich hier aufzuhalten. Die Wohnung gehörte seiner Freundin. Sie konnten ihm absolut nichts anhängen. Er konnte einfach seine Tasche nehmen, die Wohnung verlassen und die Treppe hinuntergehen. So simpel war das. Es würden natürlich einige Erklärungen nötig sein und es kam seinen Plänen ein wenig in die Quere, aber okay, dann musste er die Pläne eben ändern. Das war keine Katastrophe. Noch nicht.

Er steckte die MagSolitaire unter den Hosenbund, nahm seine Tasche und ging zur Tür. Öffnete sie und trat auf die Treppe hinaus. Er ging schnell hinunter ohne den geringsten Versuch, lautlos aufzutreten, ganz im Gegenteil. Sie konnten ihn gerne hören. Mehr als gerne. Hier kam ein Mann, der ein gutes Recht hatte, da zu sein, wo er war.

Sie öffneten die Tür, als er den Fuß der Treppe erreicht hatte.

In dem Moment ging ihm auf, dass er kein Licht gemacht hatte. Das war ein Schnitzer.

»Oh, guten Abend«, sagte er mit genau der richtigen Prise Überraschung und trat höflich zur Seite, um sie passieren zu lassen, während er gleichzeitig auf den Lichtschalter drückte.

Es wirkte, dachte er triumphierend. Es wirkte tatsächlich. Der jüngere Beamte sah ihn verwirrt an. Damit hatte er offensichtlich nicht gerechnet. In seinem Gesicht machte sich bereits ein höflich entschuldigender Ausdruck breit.

Der Indianer lächelte noch immer verbindlich, als der andere Beamte rief: »Teufel auch, wenn das nicht der Indianer ist! Bist du wieder im Einsatz?«

»Kennst du ihn?«, fragte der erste.

»Ja und ob. Das ist der Indianer. Einer der geschicktesten Einbrecher, die wir haben.«

Er drückte sich ganz so aus, als spräche er von einem olympischen Medaillenträger.

Das war Pech. Dass es gerade einer der Älteren sein musste, die ihn von früher kannten.

»Er hat zugenommen und die Haarfarbe gewechselt, aber man kennt schließlich seine Pappenheimer, nicht?«, fuhr der Beamte fort.

»Es ist lange her, dass ich diesem Gewerbe nachgegangen bin«, sagte der Indianer. »Das waren Jungenstreiche. Mit so etwas gebe ich mich nicht mehr ab. Schon seit Jahren nicht mehr«

»Offensichtlich doch«, lachte der andere. »Du kommst besser mit.«

»Verdammt nochmal, ich habe nichts Ungesetzliches getan. Ich komme oben aus der Wohnung meiner Freundin. Es ist wohl kaum verboten, seine Freundin zu besuchen.«

»Nein, ist es nicht. Aber sollten wir dann nicht raufgehen und mit deiner Freundin sprechen?«

»Sie ist ... sie ist leider nicht zu Hause. Sie ist in Urlaub. Aber ich darf die Wohnung benutzen, wenn ich in der Stadt bin.«

Der Polizist lachte.

»Ja, sicher darfst du das, Mann. Das kannst du erzählen, wem du willst. Das glaubt dir jeder.«

Vielleicht hätte der Indianer bestimmter klingen können, vielleicht hätte er sie sogar überzeugen können, wenn er es gewollt hätte. Aber dann war ihm etwas anderes eingefallen.

Ihm wurde bewusst, dass er niemanden das Auto hatte verlassen hören, das früher am Abend ein Stück weiter die Straße hinunter gehalten hatte.

Deshalb war es vielleicht gar nicht so schlecht, unter Polizeischutz diesen Ort zu verlassen.

2

Høyer sah kaum von den Papieren auf, als Therkelsen in sein Büro trat. Er begnügte sich damit, die Hand zum Gruß zu heben, was einer Einladung sich zu setzen gleichkam.

So fasste es Therkelsen zumindest auf.

Er ließ sich auf einen Stuhl fallen, streckte die langen Beine aus und begann seine Pfeife zu stopfen.

»Ich sage dir, das wird ein heißer Tag«, sagte er. »Ich bin schon ganz durchgeschwitzt.«

»Ich will keine Klagen über die Wärme hören«, sagte Høyer. »Seit Wochen meckern und lamentieren wir, dass der Sommer uns an der Nase herumführt. Da können wir es uns wirklich nicht erlauben zu klagen, wenn er sich endlich von seiner besten Seite zeigt.«

»Von seiner besten Seite?«, sagte Therkelsen gereizt. »Ich finde, er könnte sich für einen Mittelweg entscheiden. Wir haben schon über zwanzig Grad. So warm war es in meinem Urlaub an keinem einzigen Tag.«

»Ha!«, rief Høyer. »Sieh mal einer an! Was glaubst du, wen wir hier haben?«

»Lass mich bitte erst richtig zur Tür reinkommen, bevor wir mit diesen Ratespielchen beginnen«, sagte Therkelsen und zündete seine Pfeife an. »Ist der Kaffee frisch?«

»Ja«, sagte Høyer und schob ihm die Thermoskanne hin. »Meiner Uhr zufolge, die die dänische Normalzeit anzeigt, ist es einundzwanzig nach neun und ich habe schon Kaffee geholt und die Post aufgemacht und bin gerade dabei, mir das Dienstprotokoll von heute Nacht anzusehen. Wenn der Herr Direktor also fertig sind, können wir vielleicht …«

»Ach, sei doch still«, lachte Therkelsen.

»Ja, aber ich bin doch dankbar, dass du überhaupt auftauchst«, sagte Høyer ironisch. »Ich hatte schon gedacht, du wolltest das schöne Wetter im Garten genießen.«

»Nein, Gott steh mir bei!«, Therkelsen schauderte. »Die Kinder haben Ferien und werden vermutlich den Tag mit Bier, Freunden und irgendwelcher auf volle Lautstärke aufgedrehten Musik verbringen. Wenn sie denn endlich aus den Federn gekommen sind und festgestellt haben, dass es Sommer geworden ist.«

»Was sagen die Nachbarn dazu?«, fragte Høyer. »Beschweren die sich nicht?«

Therkelsen schüttelte in komischer Verzweiflung den Kopf. »Nein, was denkst du denn? Die Freunde sind schließlich ihre Kinder und verbringen den Tag ebenfalls mit Bier, Freunden und Discomusik im Garten. Und wir fügen uns alle widerstandslos in unser Schicksal. Aber ich erwäge, ihnen vorzuschlagen, uns gegenseitig über unsere Kinder zu beschweren. Dann können wir das als Druckmittel einsetzen. Steht dazu eigentlich nichts in der Polizeiordnung?«

»Du kannst ja mal versuchen, die 110 zu wählen«, lächelte Høyer. »Aber reg dich nicht auf. In ein paar Jahren sind sie alle weg und ihr sitzt in eurem stillen, traurigen Silberhochzeitsviertel und erinnert euch an die good old days.«

Therkelsen schüttelte den Kopf. »Ich kann mir nicht vorstellen, dass es irgendwann einmal ruhig wird. Niemand von ihnen scheint darauf erpicht, zu Hause auszuziehen – offenbar ist das nicht mehr modern. Oder sie ziehen zwischendurch wieder ein, wenn Ebbe in der Kasse ist. Es ist übrigens auch ihre Schuld, dass ich mich verspätet habe. Sie haben sich gestern Abend das Auto geliehen, um bei dem guten Wetter eine Runde zu drehen, und dabei den Tank nahezu leer gefahren. Ich bin mitten im Niemandsland kilometerweit von allen Tankstellen entfernt liegen geblieben.«

»Du solltest dir angewöhnen, einen Blick auf die Tankanzeige zu werfen, bevor du losfährst«, dozierte Høyer.

»Das dürfte kaum helfen. Die stand das ganze letzte halbe Jahr auf null«, sagte Therkelsen mit einem resignierten Lachen.

»Das gibt's doch nicht!«, rief Høyer ungläubig.

»Och, eigentlich geht das ganz gut, ich habe immer einen Reservekanister im Kofferraum. Aber den haben die verdammten Gören diesmal natürlich auch leer gemacht.«

»Du hast aber auch Probleme!« Høyer klang nicht sonderlich teilnahmsvoll. »Ich hatte gleich den Eindruck, dass du etwas gestresst aussahst, als du kamst. Trotz des schönen Wetters.«

»Das bringt uns nur eine Menge Ärger ein, das weißt du doch«, brummte Therkelsen. »Badeunfälle, Vergewaltigungen, Autodiebstähle, die ganze Palette. Was hast du übrigens gemeint?«

Er zeigte auf die Papiere, vor denen Høyer saß.

»Das errätst du nie«, sagte Høyer. »Hier haben wir den Indianer!«

»Den Indianer!« Therkelsen nahm verblüfft die Pfeife aus dem Mund. »Aber ich dachte, dass er … Ich weiß auch nicht, was ich dachte. Es ist immerhin einige Jahre her, dass wir das letzte Mal von ihm gehört haben. Gab es nicht irgendwelche Gerüchte, dass er ins Ausland gegangen ist?«

»Das habe ich auch gehört. Aber jetzt ist er wieder da. Warte mal, das muss fünf, sechs Jahre her sein, dass wir mit ihm zu tun hatten.«

»Ja, das könnte passen. Damals hat er drei Jahre bekommen. Demnach hat er sich einige Jahre nichts zu Schulden kommen lassen«, sagte Therkelsen. »Ich habe, ehrlich gesagt, geglaubt, dass der Typ schlauer geworden ist. Er hat schließlich genug Geld.«

»Hatte«, sagte Høyer. »Denn das dürfte verbraucht sein. Jedenfalls hat man ihn gestern Abend festgenommen, als er aus einem Haus kam, in dem er nichts verloren hatte. Nichts Erlaubtes jedenfalls.«

Therkelsen stieß einen Pfiff aus. »Sieh mal einer an.«

»Er hatte natürlich eine nette, kleine Erklärung, dass er ein Freund der Dame sei, der die Wohnung gehört, und sie ihm erlaubt hat zu kommen, wann immer er will«, fuhr Høyer fort. »Aber es ist schon ein wenig seltsam, dass er sich gerade dann zu einem Besuch entschließt, wenn sie in Urlaub ist.«

»Es wundert mich trotzdem, dass man ihn bei einem ganz gewöhnlichen Einbruch erwischt hat«, sagte Therkelsen. »Er muss aus der Übung sein.«

»Ja, scheint so«, sagte Høyer. »Es handelt sich um ein Zweifamilienhaus und die Vermieterin, die in der unteren Wohnung wohnt, hat ihn gehört und die Polizei angerufen.«

»Ihn gehört!« Therkelsen schüttelte den Kopf. »Dann muss er wirklich aus der Übung sein. Er konnte den Leuten das Silberbesteck aus der Hand stehlen, ohne dass sie etwas merkten.«

»Die Vermieterin ist blind«, erklärte Høyer fast entschuldigend. »Er hat bestimmt geglaubt, dass niemand zu Hause ist. Sie hatte kein Licht an. Außerdem hat sie einen Hund.«

»Der nicht gebellt hat«, stellte Therkelsen fest.

»Nein, das hat er nicht. Aber sie hat ihn, wie gesagt, gehört und sie behauptet, ihn vorher noch nie gesehen zu haben.«

»Das versteht sich wohl von selbst, wenn die Dame blind ist.«

»Ach«, meinte Høyer gereizt. »Du weißt genau, wie ich das meine. Gesehen oder getroffen. Deshalb konnte sie sich nicht vorstellen, dass er ein enger Freund ihrer Mieterin sein sollte. Außerdem ist dem Streifenpolizisten aufgefallen, dass in der Wohnung kein Licht war, was zweifellos auch ein wenig verdächtig ist.«

»Dann haben die Plattfußindianer ausnahmsweise einmal von ihren Gehirnzellen Gebrauch gemacht, was? Kein Licht in der Wohnung.«

»Ich habe nie verstanden, warum du daran festhältst, unsere lieben Kollegen von der Schutzpolizei als *Plattfußindianer* zu bezeichnen«, sagte Høyer vorwurfsvoll. »Zum einen ist das nicht sehr nett und zum anderen stimmt es nicht. Heutzutage laufen sie schließlich nicht mehr durch die Gegend. Ich bin sogar versucht zu glauben, dass wir über die Jahre gesehen mehr zu Fuß gehen.«

»Okay, dann eben Platthintern«, lachte Therkelsen. »Was ist mit dem Indianer? Kümmerst du dich um ihn? Er ist ja immer dein spezieller Liebling gewesen.«

»Mein spezieller Liebling! Was soll das denn heißen!«, sagte Høyer entrüstet. »Aber ich gebe zu, dass er mich interessiert. Vermutlich weil ich ihn nicht verstehe.« Er rieb sich zerstreut das Ohrläppchen. »Warum zum Teufel macht er das?«

»Weil er nicht ganz richtig im Kopf ist, er ist ein Psychopath«, antwortete Therkelsen. »So einfach ist das.«

»Psychopath, das ist doch nur ein leerer Begriff«, wandte Høyer ein. »So einfach ist das nicht. Aber ich könnte natürlich auch fragen, *warum* er ein Psychopath ist.«

»Lass es lieber«, riet Therkelsen. »Darauf kann dir sowieso niemand eine vernünftige Antwort geben.« Er stand auf. »Okay, ich sollte sehen, dass ich in die Gänge komme. Möglicherweise fahre ich später am Vormittag raus, um mit dem Mädchen in der Vergewaltigungssache zu reden.«

Høyer sah verblüfft auf. »Warum? Ich habe das so verstanden, dass der Norweger gestanden hat.«

»Hat er auch«, sagte Therkelsen. »Das ist nicht das Problem. Das Problem ist das Mädchen. Und ihre Eltern. Sie hat die Anzeige zurückgezogen.« Er zuckte mit den Schultern. »Du siehst also selbst, dass die Sache ein bisschen heikel ist.«

»Tja«, sagte Høyer. »Im Grunde ist es nur zu verständlich. Ich wollte meine Tochter auch nicht in so einen Fall verwickelt sehen.«

»Sicher«, sagte Therkelsen. »Wer will das schon? Aber trotzdem.«

»Aber trotzdem«, nickte Høyer. »Tu, was du kannst. Nimm Winther mit. Sie kann vielleicht besser mit dem Mädchen reden«, kam ihm plötzlich der Gedanke. »Dann kannst du dich auf die Eltern konzentrieren.«

»Das ist vielleicht gar keine so schlechte Idee«, nickte Therkelsen. »Das mache ich.«

Er hob die Hand zum Gruß und verschwand in sein eigenes Büro, während Høyer sich wieder den Papieren auf seinem Schreibtisch zuwandte.

Er hatte jeden Gedanken an den Indianer so nachdrücklich in den Hintergrund seines Bewusstseins verbannt, dass er ihn zuerst gar nicht erkannte, als er zu der vereinbarten Zeit in sein Büro geführt wurde. Er hatte sich aber auch verändert. Er war kräftiger geworden, rundlicher. Er musste mindestens zehn Kilo zugenommen haben, schätzte Høyer; und das dunkelbraune Haar war grau geworden.

»Ist die echt?«, fragte Høyer, als ihm klar wurde, mit wem er es zu tun hatte. »Die Haarfarbe?«

»Die Haarfarbe ist echt.« Der Indianer lächelte und entblößte eine Reihe weißer, regelmäßiger Zähne und Høyer spürte zu seiner Verblüffung das altbekannte Ziehen im Bauch, das er von früheren Zusammenkünften mit dem Indianer kannte.

»Er ist der einzige Mann, der mich jemals zu der Überlegung veranlasst hat, ob eine minimale Veranlagung zur Homosexualität in mir steckt«, hatte er einmal zu seiner Frau gesagt. »Das ist schon sonderbar.«

»Und zu welchem Resultat bist du gekommen?«, fragte sie neugierig, halb lächelnd, halb ernst.

»Dass dem nicht so ist«, sagte Høyer. Im Gegensatz zu seiner Frau war er vollkommen ernst. »Er hat nur eine so verblüffende Ausstrahlung. Ich denke, Sexappeal ist nicht das richtige Wort, denn ich glaube, dass er auf beide Geschlechter wirkt. Aber Charme trifft es auch nicht, das ist zu wenig. Er ist etwas Besonderes und sieht unbestreitbar gut aus. Aber er hat viel von einem Blender. Er hatte auch immer nur in den ersten Minuten unserer Begegnungen diese Wirkung auf mich.«

Und jetzt erlebte er es wieder.

Der Indianer nahm ungeniert Platz. Der Beamte, der ihn hereingeführt hatte, sah verstohlen zu Høyer hin, doch als keine Reaktion von ihm kam, zog er sich auf einen Stuhl im hinteren Teil des Raumes zurück.

»Darf ich rauchen?«, fragte der Indianer höflich, aber doch in einem Ton, der ahnen ließ, dass er keine negative Antwort erwartete. Er führte sich fast wie ein gut situierter Playboy auf, der dem Familienanwalt einen Besuch abstattete.

»Ja bitte«, sagte Høyer und sah ihn an, während der Indianer eine Packung Zigaretten aus der Brusttasche seines schwarzen Hemdes holte.

Schwarzes Hemd und schwarze Hose, stellte Høyer fest. Der Indianer trug zumindest *Arbeitskleidung*. Auch wenn über der Brusttasche diskret ein kleines Lacostekrokodil prangte.

»Bei Høyer höchstpersönlich zu landen, das muss man sich einmal vorstellen«, sagte der Indianer. »Das hatte ich nicht erwartet. Nicht wegen so einer Bagatelle. Dann leben Sie also noch?«

»Wie man sieht«, antwortete Høyer. So alt war er nun auch wieder nicht. »Genau wie Sie«, fuhr er fort. »Und wie ich sehe, sind Sie immer noch in Ihrem alten Metier tätig.« Høyer schüttelte resigniert den Kopf. »Ehrlich gesagt, hatte ich geglaubt, dass Sie klüger geworden sind. Wie alt sind Sie jetzt? Dreißig? Einunddreißig? Also fast erwachsen.«

»Ja, aber Høyer, ich versichere Ihnen, dass das Ganze ein Missverständnis ist. Es war mein gutes Recht, mich in der Wohnung aufzuhalten. Eine Freundin von mir wohnt dort. Verdammt, ich hatte einen Schlüssel und alles.«

Høyer lächelte schief. »Ich weiß nicht, was ›und alles‹ ist, aber das ist nicht das erste Mal, dass Sie im Besitz eines Schlüssels zu einer Wohnung sind, in der Sie nichts verloren haben.«

Der Indianer hatte schon immer die Fähigkeit besessen, überzeugend zu klingen, dachte Høyer. Deswegen war er anfangs auch freigesprochen worden. Unter anderem deswegen, berichtigte er sich. Wahrscheinlich hatte es auch eine Rolle gespielt, dass niemand sich hatte vorstellen können, dass ein friedfertiger, begabter und sehr wohlhabender Gymnasiast sich als geschickter Einbrecher betätigte.

»Hören Sie …«, begann der andere.

»Ich höre«, sagte Høyer. »Ich bin ganz Ohr. Ich warte darauf, etwas zu hören, was mich davon überzeugen kann, dass Sie ein Recht hatten, in der Wohnung zu sein. Aber ein Schlüssel reicht mir nicht«, schloss er und wedelte dem Indianer mit dem Zeigefinger vor dem Gesicht herum. »Sie müssen sich schon etwas Besseres einfallen lassen.«

»Ich habe etwas Besseres. Ich habe diese Schwachköpfe – entschuldigen Sie den Ausdruck, Høyer, aber mal ganz ehrlich –, ich habe sie also gebeten, in meine Wohnung zu fahren und in den Briefkasten zu schauen, der an der Haustür angebracht ist. Da dürften Sie höchstwahrscheinlich einen Brief oder eine Karte von Grete Krag finden, die schwarz auf weiß beweist, dass sie mich erwartet hat.«

»Sie erwartet?«, fragte Høyer. »Das klingt seltsam, da sie allem Anschein nach in Urlaub ist.«

Der Indianer lächelte entwaffnend. »Ich habe mich offenbar schlecht ausgedrückt. Die Sache war so: Ich habe sie vor einiger Zeit angerufen und erzählt, dass ich möglicherweise ins Land käme und bei ihr vorbeischauen werde. Sie hat gesagt, dass sie sich über meinen Besuch freuen würde, sie dann aber vielleicht gerade im Urlaub sei. Sie wollte mit dem Auto nach Frankreich, wusste aber noch nicht genau, wann. Doch falls sie verreist sei, würde sie mir eine Nachricht in den Briefkasten werfen.«

»Hm«, sagte Høyer und sah zu dem Polizisten hinüber, der bestätigend nickte. Ja, sie hatten einen Mann zu der Wohnung geschickt, um das zu überprüfen.

Høyer griff nach dem Pass des Indianers, der vor ihm auf dem Tisch lag.

»Wo kommen Sie jetzt her?«, fragte er.

»Aus der Schweiz«, sagte der Indianer und sah Høyer leicht nervös an. »Ich lebe jetzt in der Schweiz.«

»Sie reisen viel«, stellte Høyer fest, während er in dem Pass blätterte.

»Natürlich. Dazu bin ich gezwungen. Geschäftsreisen.«

»So, so, dann sind Sie also Geschäftsmann geworden. Das klingt gut, wenn es wahr ist.«

»Das ist es. Schließlich habe ich eine Agentur geerbt. Das war der Brocken, den man mir hingeworfen hat, als die ganze Herrlichkeit aufgeteilt wurde. Vermutlich wollten sie mich aus dem Weg haben. Die Agentur ist in der Schweiz.«

»Was verkaufen Sie?«, fragte Høyer. »Holland, Südafrika, Osteuropa, wie es aussieht, kommen Sie viel herum.«

»Ich verkaufe Nähmaschinen«, sagte der Indianer und schnitt eine Grimasse. »Nähmaschinen, Elektronik und Lochmaschinen.«

»Lochmaschinen?«, Høyer sah ihn fragend an.

Der Indianer lachte. »Ja, Lochmaschinen.« Er schlug mit der flachen Hand auf den Locher, der auf dem Schreibtisch stand. »Die kommen ja schließlich auch irgendwoher, oder?«

»Und die verkaufen Sie unter anderem nach Südafrika?«

»Ja, vor allem Lochmaschinen«, erklärte der Indianer. »Aber mit denen kann man nicht handeln. Die wollen immer in Kohle bezahlen. Doch was zum Teufel soll ich mit einer Ladung Kohle? Können Sie sich mich als Kohlenhändler vorstellen? Das ist nicht unbedingt mein Stil.«

Der Indianer lachte herzlich und Høyer musste unwillkürlich lächeln. Dann riss er sich zusammen.

»Na schön, aber ich möchte jetzt diese kleine Sache hier aufgeklärt haben. Warum in aller Welt sind Sie nicht nach Hause in Ihre eigene Wohnung gefahren, bevor sie zu Grete Krag gefahren sind?«

»Ich habe eigentlich damit gerechnet, dass sie zu Hause ist, und Sie wissen ja, wie das ist, in eine Wohnung nach Hause zu kommen, die mehrere Monate leer gestanden hat. Kalt, schmutzig, stickig und ein leerer Kühlschrank. Dazu hatte ich keine Lust, deshalb bin ich direkt zu Grete gefahren.«

»Wie sind Sie in die Stadt gekommen?«

»Mit dem Flugzeug«, sagte der Indianer und warf Høyer einen verwunderten Blick zu, als verstünde er die Frage nicht ganz.

»Und wann sind Sie angekommen?«

»Soweit ich mich erinnere, sind wir kurz nach sieben gelandet. Neunzehn Uhr zwanzig, glaube ich.«

»Tststs«, sagte Høyer kopfschüttelnd. »Sie waren einmal besser, mein Junge. Sie wollen mir doch nicht weismachen, dass Sie seit kurz nach sieben in der Stadt waren und erst gegen Mitternacht bei Ihrer Freundin aufgekreuzt sind.«

»Nein, natürlich nicht.« Der Indianer sah Høyer mit aufrichtiger Verblüffung an. »Ich bin direkt zu Grete gefahren.«

»Was Sie nicht sagen! Sie müssen sehr leise gewesen sein. Die alte Dame hat vor zwölf nichts von Ihnen gehört.«

»Ich *bin* sehr leise. Immer. Dafür bin ich unter anderem berühmt«, lachte er. »Wenn ich ganz ehrlich sein soll – und das soll ich wohl –, ich habe geschlafen. Ich war müde, ich war an dem Tag lange unterwegs gewesen und rechnete damit, dass Grete schon noch aufkreuzen würde, deshalb habe ich mich aufs Sofa gelegt und bin sofort eingeschlafen. Kurz vor zwölf bin ich aufgewacht, und als sie noch immer nicht da war, dämmerte es mir, dass sie wohl wirklich in Urlaub ist. Ich beschloss, das Etablissement zu verlassen. Ganz leise und ruhig, genau wie ich gekommen bin. Und dann hatte ich das verdammte Pech, den beiden – ich will ja nicht grob werden, aber sie haben sich aufgeführt, als hätte ich die Kronjuwelen gestohlen – direkt in die Arme zu laufen.«

»Und Sie hatten natürlich nichts bei sich«, sagte Høyer. »Aber das versteht sich von selbst, denn sobald Ihnen klar wurde, dass die Polizei auf dem Weg war, haben Sie alles zurückgelegt. Ganz dumm sind Sie schließlich nicht.«

»Høyer, bei meiner Ehre, mein Gewissen ist so rein wie frisch gefallener Schnee.«

»Das wäre das erste Mal, dass ich das erlebe«, stellte Høyer fest.

»Es ist sechs Jahre her, dass ich etwas Ungesetzliches getan habe. Das können Sie mir doch nicht länger unter die Nase reiben.«

»Okay«, sagte Høyer. »Diese Grete Krag, die Sie, wie Sie sagen, so gut kennen, dass sie Ihnen den Schlüssel zu ihrer Wohnung überlassen hat, ist das Ihre Geliebte?«

»Grete!« Er lachte. »Sie würde sieben Kreuze schlagen, wenn sie Sie hören könnte. Nein, wir sind nur befreundet. Sehr gut befreundet. In Wirklichkeit ist sie die einzige Freundin, die ich habe.« Er zögerte einen Augenblick. »Sie ist süß, liebenswürdig, nett und hilfsbereit und man kann sich auf sie verlassen. Außerdem ist sie Juristin. Assessorin am Nachlassgericht. Ledig. Und in ihrer Wohnung gibt es nichts, das es wert wäre, gestohlen zu werden.«

Høyer sah ihn stumm an.

»Ich wünschte, ich könnte Ihnen glauben«, sagte er schließlich und meinte es auch so. Dieser Typ rührte an etwas in ihm, auch wenn er ein Psychopath oder ein Ganove war. An etwas, was er nicht benennen konnte, was er nicht verstand. Er hatte so ein Gefühl, dass er sich selbst ein bisschen besser verstehen könnte, wenn es ihm gelingen würde, den Indianer zu verstehen.

»Ich wünschte, ich könnte Ihnen glauben«, wiederholte er. »Aber Sie überzeugen mich nicht. Ich gebe gerne zu, dass ich gehofft habe, Sie vor sechs Jahren zum letzten Mal hier gesehen zu haben. Dass Sie erwachsen werden würden, oder wie man das nennen soll. Nicht nur Ihretwegen und noch weniger meinetwegen, aber ich denke, dass es …, dass es eine Verschwendung von Fähigkeiten und Möglichkeiten ist, eine Verschwendung von Ressourcen, um es mit einem Modewort auszudrücken, dass

Sie in diesem Metier gelandet sind. Sie sind begabt, Sie sind auf dem Gymnasium hervorragend zurechtgekommen – auch wenn Sie schon damals Ihre Nummern abgezogen haben – und Sie haben ein gutes Abitur gemacht. Warum also? Sie kommen aus einer guten Familie, einer wohlhabenden zudem, Sie konnten zwischen allen erdenklichen Ausbildungen wählen. Sie hatten alles, und dann entschließen Sie sich, Gott steh mir bei, ein Einbrecher zu werden. Nicht einmal ein besonders hervorragender Einbrecher.«

»Das stimmt nicht«, sagte der Indianer verletzt. »Ich war ein hervorragender Einbrecher.«

Høyer lachte. »Ach, habe ich Sie in Ihrer Eitelkeit gekränkt? Aber wie gesagt, ich verstehe Sie nicht. Alle Möglichkeiten standen Ihnen offen.«

»Ich dachte mir schon, dass wir wieder da enden würden«, sagte der Indianer mit einem resignierten Seufzer. »Sie können es einfach nicht lassen, mir ins Gewissen zu reden, nicht wahr, Høyer? Sie müssen mir jedes Mal eine Moralpredigt halten.«

»Nein, diesmal nicht«, sagte Høyer. »Das ist nicht meine Absicht. Das hier ist keine Moralpredigt, das ist eine Frage. Warum?«

Der Indianer nahm eine neue Zigarette aus der Packung und betrachtete sie einen Moment, ohne etwas zu sagen. Er hob fragend die Augenbrauen, und als Høyer nickte, zündete er die Zigarette an.

»Okay«, sagte er und blies eine Rauchwolke in die Luft. »Ich werde versuchen, Ihnen zu antworten. Aber zuerst möchte ich Sie darauf aufmerksam machen, dass dieses Stadium überwunden ist. Das werden Sie früher oder später auch herausfinden.« Er zog an der Zigarette. »Ich habe mir die Frage übrigens auch hin und wieder gestellt«, sagte er mit einem schiefen Lächeln. »Warum? Ich glaube, die Antwort heißt *Freiheit.*«

»Freiheit!«, Høyer schrie fast. »Nein, ich denke …«

»Doch«, unterbrach ihn der Indianer. »Eine Form von Freiheit zumindest. Zum einen war es meine eigene Wahl. In jeder Beziehung. Und zum anderen hatte ich niemanden über und niemanden unter mir. Ich war souverän. Bestimmte selbst, wann und wie. Ich habe immer alleine gearbeitet, wissen Sie.«

»Und alleine gesessen«, sagte Høyer brutal.

Der Indianer zuckte mit den Schultern. »Jeder Job hat sein Risiko. Es gibt Maurer, die vom Gerüst fallen und für sehr viel längere Zeit und einen sehr viel geringeren Lohn zu Invaliden werden.« Er schwieg kurz, während er nachdachte. »Ja, es hatte mit Freiheit zu tun. Und vor allem mit Spannung. Die meisten Menschen brauchen Spannung in der einen oder anderen Form. Manche werden zu Einbrechern, andere zu …«, er zuckte mit den Schulter, »… Geschäftsleuten und wieder andere zu Politikern. Wir zwei, Høyer, sind in Wirklichkeit zwei Seiten derselben Medaille.«

»Unsinn«, sagte Høyer.

»Nein, das geben Sie natürlich nicht zu. Nicht hier und nicht jetzt. Und Sie haben im Nachhinein natürlich auch eine vernünftige Begründung gefunden und glauben, dass Sie Polizist geworden sind, um Schurken wie mich unschädlich zu machen. Aber ich bin nicht sonderlich schädlich und ich bin überzeugt, dass Sie sich vor zwanzig, dreißig Jahren entschlossen haben, Polizist zu werden, weil die Spannung Sie gelockt hat. Sie wollten keinen langweiligen Achtstundenjob oder Bauer oder Maurer oder Zimmermann oder Lehrer werden, nein, Sie wollten Spannung. Habe ich Recht?«

Er lächelte Høyer unschuldig an. Unschuldig und triumphierend.

»Hmm«, brummte Høyer.

»Sie sagen, mir hätten alle Möglichkeiten offen gestanden, aber was hätte ich werden können, was genauso spannend gewesen wäre? Geschäftsmann? Das sagte mir damals nichts. Arzt, Zahnarzt, Jurist, Ingenieur? War das spannend? Vielleicht, aber zuerst erwartete einen eine jahrelange Wüstenwanderung durch die eine oder andere Lehranstalt. Allein der Gedanke war tödlich.« Plötzlich lachte er. »Wissen Sie, was ich überlegt hatte zu werden? Akrobat! Sie wissen schon, jemand, der von einem Mast in ein winziges Bassin mit brennender Oberfläche springt. Als Junge fand ich das ungeheuer spannend. Aber später habe ich so einen Typen einmal von Nahem gesehen. Ein müder, alter Mann. Ein kleiner, ängstlicher Mann mit einer elastischen Binde um den Oberschenkel, den er sich am Bassinrand verletzt hatte. Ein paar Monate später habe ich gelesen, dass er ums Leben gekommen ist. Vielleicht absichtlich. Jedenfalls hat mir das die Lust genommen, Akrobat zu werden. Ich war nicht die Spur waghalsig. Nicht einmal mutig. Es gehört nicht viel Mut dazu einzubrechen, aber es *ist* spannend. Eine billige Spannung.«

»Und jetzt wollten Sie diese Spannung noch einmal erleben?«

»Ganz und gar nicht. Ich *bin* dem entwachsen, Høyer. Die Meisten entwachsen dem. Vielleicht ist es irgendwann auch nicht mehr spannend. Oder es gibt andere Dinge, die noch spannender sind. Sie finden es bestimmt auch nicht immer aufregend, Polizist zu sein. Heute liegt die Spannung in anderen Dingen als in Ihrer Jugend, habe ich Recht?«

»Aber Sie konnten nicht einfach einen Schlussstrich ziehen. Man bleibt dem Milieu verhaftet. Das sehen wir immer wieder.«

»Ich nicht«, sagte der Indianer. »Ich habe im Grunde genommen nie zum Milieu gehört. Nicht wirklich. Okay, ich habe die Male, die ich gesessen habe, einige Leute kennen gelernt, aber zu denen habe ich keinen Kontakt mehr. Wir hatten nichts miteinander zu tun. Wir waren nicht von der gleichen Art. Und ich habe immer allein gearbeitet. Ich bin ein *lone ranger*, Høyer, das bin ich immer gewesen. Überall. Ich habe weder Freunde noch Feinde. Mein einziger Feind war die Gesellschaft. Sie hat sich gerächt, ich habe bezahlt und ich gehe davon aus, dass wir quitt sind. Ich war vielleicht ein Dieb, aber ich war ein ehrlicher Dieb. Ich habe nie einen Armen bestohlen, kein einziges Mal.«

»Robin Hood!«, sagte Høyer ironisch.

»Nein, ich habe schließlich nichts an die Armen ausgeteilt. Aber ich war verhältnismäßig unschädlich. Ich hatte nie etwas mit Gewalt, Drogen oder dergleichen zu tun. Nur Diebstahl. Und deswegen kann ich kein schlechtes Gewissen heucheln, Høyer. Wenn ich in irgendeine Villa einbrechen und im Laufe von einer viertel oder einer halben Stunde für hunderttausend Kronen Schmuck stehlen konnte, haben Sie sich da nie gefragt, wo die Leute den herhatten? Wie sie so wohlhabend geworden sind? Doch, natürlich haben Sie das, Høyer. Sie sind schließlich kein Idiot.«

»Danke.«

»Ich meine das ernst. Glauben Sie, mein Vater war ein Unschuldslamm?«

»Ich glaube in der Tat, dass Ihr Vater ein ehrenhafter Mann war, ja.«

Der Indianer lachte auf. *»For Brutus was an honourable man.«*

»Shakespeare«, murmelte Høyer. »Und Brutus und Ihr Vater haben nicht viel miteinander gemein.«

»Dann lassen wir meinen Vater außen vor. Nehmen wir meinen Bruder. Ein netter Mann, ein ehrenhafter Mann, es fiele ihm nicht im Traum ein, etwas Illegales zu tun. Aber unter vielem anderen hatte er die Finger auch in einer kleinen Baufirma. Einer selbstständigen Gesellschaft natürlich. Sie geben ein Gebot für ein Bauvorhaben ab, drücken den Preis und bekommen den Auftrag. Die Gesellschaft nimmt einen Kredit auf, für den mein Bruder natürlich mit Haus und Hof und Haut und Haar haftet, die Banken sind schließlich keine Philanthropen. Das Bauvorhaben wird zu Ende geführt, mein Bruder bekommt sein Geld, tilgt den Kredit und dann – nein, wie ärgerlich, die Gesellschaft macht Pleite. Zahlungseinstellung, so etwas kann passieren. Und er streicht ein paar hunderttausend an unbezahlten Steuern ein. Suuuper! Nicht? Und absolut legal.«

»Genau«, sagte Høyer. »Absolut legal. Hätte Ihr Bruder das gemacht, wenn es illegal wäre?«

»Nein, sind Sie verrückt?«

»Dann weiß ich nicht, was Sie mir beweisen wollen. Dass das Gesetz falsch ist? Dann muss das Gesetz geändert werden. Aber das gibt Ihnen nicht das Recht, bei den Leuten einzubrechen.«

»Ich will damit nur sagen, dass mein Bruder genauso

unmoralisch ist wie ich. Und jetzt bin ich selbst Geschäftsmann. Was für eine Ironie des Schicksals. Und ich habe entdeckt, dass das eigentlich auch ganz spannend ist. Auf eine andere Art, eine weniger elementare Art, aber spannend ist es. Vielleicht ist mein Bruder also auch nur auf Spannung aus. Früher habe ich geglaubt, dass das Geld die Triebkraft ist. Das glaube ich nicht mehr. Es ist die Spannung.«

Høyer sah ihn nachdenklich an.

Es war keine neue Erfahrung für ihn, dass in der Regel irgendetwas auftauchte, wenn man die Leute reden ließ. Etwas, das von Nutzen sein konnte. Wenn man zwischen den Zeilen las sozusagen.

Und wie viel von dem soll ich glauben, dachte Høyer. Und warum erzählen Sie mir das alles? Was wollen Sie, dass ich glaube? Dass Sie ein ehrlicher Dieb sind. Dass Sie immer allein gearbeitet haben, was Sie nicht müde werden zu betonen. Dass Sie nie mit Drogen zu tun hatten. Nein, Sie waren nur ein netter kleiner Einbrecher und jetzt sind Sie ein netter Geschäftsmann. Vielleicht moralisch nicht ganz unangreifbar, aber ... Warum erzählen Sie mir das alles?

Er sah auf seinen Block, auf dem er sich ein paar Schlüsselworte notiert hatte.

Nachdenklich unterstrich er drei davon. *Allein, Drogen, Geschäftsmann.*

Høyer hatte noch kein Wort gesagt, als ein Polizist das Büro betrat.

»Es lag wirklich ein Brief in seinem Briefkasten«, sagte er, indem er zum Schreibtisch kam. »Bitte.« Er reichte Høyer den Brief und verließ das Büro.

Høyer öffnete ihn.

Der Indianer beobachtete ihn gespannt, während er las.

»Und?«, fragte er, als Høyer das Papier sinken ließ. »Kann ich jetzt gehen?«

Høyer spitzte den Mund und schüttelte langsam den Kopf.

»Ich denke, nein«, sagte er.

»Warum nicht? Was steht denn da?«

»Nicht genug«, sagte Høyer. »Außerdem ist der Brief mit der Maschine geschrieben. Mit Ausnahme der Unterschrift.«

»Ja, aber was steht drin?« Der Indianer klang ein wenig ungeduldig.

»Hier steht: *Fahre heute nach la belle France. Wenn du vor mir ankommst, kannst du gerne vorbeischauen. Nimm dir einen Whisky on the rocks, du weißt schon! Wir sehen uns. Ich bin am 22. zurück. Grete.*«

Høyer sah den Indianer an, der langsam nickte, als wäre ihm gerade ein Licht aufgegangen. Dann warf er Høyer einen schnellen Blick zu. »Ist das nicht klar genug?«, fragte er.

»Sehr klar«, sagte Høyer. »Sehr klar. Aber woher soll ich wissen, dass Sie den nicht selbst geschrieben und in den Briefkasten geworfen haben?«

Der Indianer zuckte mit den Schultern. »Das können Sie nicht wissen«, räumte er ein. Er zögerte kurz. »Und was jetzt?«, fügte er hinzu.

»Tja«, sagte Høyer. »Sie kennen das Procedere. Wir müssen Sie dem Haftrichter vorführen und ich werde beantragen, die U-Haft um drei mal vierundzwanzig Stunden zu verlängern. In der Zeit dürfte es uns gelingen, mit der Dame zu reden und eine Bestätigung zu bekommen – oder das Gegenteil.«

Der Indianer zögerte kurz. Dann lächelte er. »In Ordnung«, sagte er.

Høyer warf ihm einen überraschten Blick zu. Er hatte Protest erwartet.

»Aber«, sagte er, »wenn Ihr Anwalt Widerspruch einlegt, wäre es möglich …«

»Ich habe keinen Anwalt.«

»Warum nicht, Sie wissen doch, dass … Haben Sie nicht um einen Anwalt gebeten?«

»Man hat es mir angeboten, Høyer. Die Menschen sind nett in diesem Land. Aber ich habe kein Interesse. Ich will nicht, dass die Familie hineingezogen wird.«

»Das wird sie auch nicht.«

»Trotzdem. Ich will keinen Anwalt. Das ist in Ordnung mit den drei Tagen, das sagte ich doch.«

Høyer kratzte sich am Kopf. Was sollte das?

»Man kann mich doch nicht zwingen, einen Anwalt zu nehmen.«

»Tja …«, begann Høyer.

»Na schön, dann finden Sie einen. Das ist schließlich eine reine Formsache. Ich laufe Ihnen nicht weg. Ich wäre ohnehin hier geblieben, bis ich Grete getroffen habe, und ein Hotel ist so gut wie das andere.«

Høyer saß noch immer nachdenklich da und blickte auf die drei Worte, die er sich aufgeschrieben hatte, als Therkelsen hereinkam.

»Wer war das gerade?«, fragte Therkelsen.

»Martin Nielsen«, sagte Høyer und lachte ansatzweise. »Alias Hans Martin Schrøder, alias der Indianer. Er hat den Mädchennamen seiner Mutter angenommen, als man ihn das letzte Mal auf freien Fuß gesetzt hat, wahrscheinlich aus Rücksicht auf die Familie. Und jetzt ist er Geschäftsmann in der Schweiz, sagt er.«

»Aber du glaubst ihm nicht«, stellte Therkelsen fest.

»Ich habe dem Indianer nie geglaubt«, sagte Høyer. »Und ich bin auch nicht geneigt, Martin Nielsen zu glauben. Was ist schon ein Name?«

»Er hat zugenommen, nicht?«, fragte Therkelsen. »Ich habe ihn gar nicht erkannt, aber ich habe ihn auch nur von hinten gesehen. Ich dachte schon, du wärst das.«

»Ich fühle mich geschmeichelt«, sagte Høyer. »Er *hat* zugenommen, aber er wiegt mindestens zehn Kilo weniger als ich. Es muss an den Haaren liegen. Sie sind grau geworden. Und an dem Hemd.« Er sah an sich hinunter.

Therkelsen sah ihn missbilligend an. »Wie bist du nur auf die Idee gekommen, dir ein schwarzes Hemd zu kaufen?«

»Es war im Angebot und meine Tochter fand es schick, deshalb nehme ich deine Kritik leicht. Sie ist zwanzig Jahre jünger als du.«

Therkelsen hob den Arm zum Faschistengruß. »Schwarzhemden aller Länder vereinigt euch«, rief er.

»Ach, halt doch die Klappe«, sagte Høyer.

Die Vorführung vor dem Haftrichter war vorbei, noch bevor sie richtig angefangen hatte. Der Richter gab Høyers Antrag auf Verlängerung der U-Haft um drei mal vierundzwanzig Stunden statt. Sowohl er als auch der Anwalt machten einen leicht gereizten und abgehetzten Eindruck. Sie waren nur daran interessiert, die Angelegenheit hinter sich zu bringen. Es musste an der Wärme liegen, dachte Høyer. Selbst im Gerichtssaal war die Luft stickig und drückend.

Er blieb einen Augenblick in der Tür zur Straße stehen. Das Licht blendete, wenn man aus den dunklen Gängen kam.

Er zögerte lange genug, um festzustellen, dass er seine Aktenmappe vergessen hatte. Er machte schnell kehrt und ging wieder hinein, um sie zu holen, doch schon in der Vorhalle kam ihm ein Beamter mit der Mappe entgegen.

»Ach, Sie haben es selbst schon gemerkt«, sagte er zu Høyer.

Høyer nickte. »Ja, ich fühlte mich plötzlich so nackt.«

»Ach, das würde niemandem auffallen«, meinte der andere. »Nackt herumzulaufen. Es ist schließlich Sommer geworden.«

»Ja, das kann man wohl sagen.«

Høyer saß in Gedanken bereits mit der Zeitung und einem Glas Weißwein auf seiner Terrasse. Der Sommer ist nicht das Schlechteste, dachte er, während er sich umdrehte und Richtung Tür ging.

Im selben Moment tauchte der Indianer in Begleitung eines Beamten auf. Høyer öffnete die Tür und trat zur Seite, um sie passieren zu lassen.

»Dann bilde ich die Nachhut«, sagte er, als der Indianer an ihm vorbeiging und auf die Treppe trat.

Der Indianer drehte sich halb zu ihm um, um eine Bemerkung zu machen, aber Høyer hörte sie nicht. Etwas hatte seine Aufmerksamkeit erregt. War es ein Laut, eine Bewegung oder vielleicht nur der Instinkt, der ihn zu dem gegenüberliegenden Haus aufsehen ließ? Die niedrig stehende Sonne spiegelte sich hoch oben in einer Scheibe. In einer Scheibe oder einem Stück Metall.

Høyer richtete den Blick wieder auf den Indianer.

Später wusste er nicht, ob er wirklich gesehen hatte, woran er sich zu erinnern glaubte, oder ob seine Fantasie ihm einen Streich spielte.

In dem Moment, in dem Høyer den Blick senkte und ihn ansah, passierte etwas mit dem einen Auge des Indianers. Es wuchs und wuchs, schwoll an, veränderte die Farbe und ging auf wie ein Ballon, um schließlich in einer blutroten Explosion zu platzen.

Lautlos sank der Indianer auf der Treppe vor dem Gericht zu Boden.

3

Høyer wusste nicht, wie lange er dort stand und auf die Gestalt starrte, die auf der Treppe lag. Sekunden oder nur Bruchteile von Sekunden. Zeit und Raum existierten nicht länger. In seinem Kopf schien alles still zu stehen.

Dann hörte er eine Frau schreien, Leute kamen angelaufen und der Beamte rief mit einem Anflug von Hysterie in der Stimme: »Was zum Teufel war das? Was zum Teufel ist passiert?«

Høyers Gehirn nahm seine Tätigkeit wieder auf. Begriff schließlich das Unbegreifbare und arbeitete wieder. Er sah den Beamten an, der sich über den Indianer beugte, als wollte er sich vergewissern, dass das, was passiert war, wirklich passiert war.

»Er ist erschossen worden«, sagte Høyer barsch. »Rufen Sie auf der Wache an und sagen Sie Bescheid. Wir brauchen alle verfügbaren Wagen. Und Therkelsen. Wenn Therkelsen da ist, soll er herkommen – und wenn nicht, auch.«

Der Beamte sah auf. »Er ist nicht tot«, sagte er verwundert.

»Und einen Krankenwagen«, sagte Høyer. »Sofort.«

Der Beamte richtete sich langsam auf. »Er ist nicht tot«, wiederholte er.

»Haben Sie gehört, was ich gesagt habe?«

Høyer war sich nicht sicher, ob der Mann überhaupt etwas begriffen hatte, aber er nickte und lief zum Auto, das in einer Parkbucht stand.

Eine Menge widersprüchlicher Impulse stiegen in

Høyer auf. Er musste den Täter verfolgen, er musste hier bleiben und das Vorgehen koordinieren, wenn die Wagen eintrafen, und er musste sich in dem Viertel umsehen und dafür Sorge tragen, dass niemand herauskam. Er musste zwanzig, dreißig verschiedene Menschen sein. Aber er war nur einer und nur ein Polizist.

Er beugte sich über den Indianer. Er sah seinen Mund oder das, was noch davon übrig war. Die Lippen bewegten sich, als würde er beruhigende Worte vor sich hin murmeln. Aber Høyer wusste, dass der Mann so gut wie tot war.

Dann fuhr der erste Wagen vor dem Gericht vor. Der Krankenwagen traf mit heulenden Sirenen ein, der Indianer wurde auf eine Trage gelegt und weggefahren und die ganze Maschinerie kam in Schwung.

Therkelsen traf ungefähr gleichzeitig mit dem Wagen der Kriminaltechnik ein.

»Wie ist das passiert?«, fragte er.

Høyer erklärte ihm, was zwischen dem Moment, als er das erste Mal aus der Tür getreten war, und dem Augenblick, als das Auge plötzlich explodierte, passiert war.

»Das hast du nicht gesehen«, wandte Therkelsen ein. »Das ist unmöglich.«

»Mein Unterbewusstsein hat es gesehen«, sagte Høyer. »Ich sehe ein ganz klares Bild vor mir. Außerdem spielt es keine Rolle. Das Resultat ist dasselbe.«

»Und der Schuss kam aus dem Fenster da oben?«

»Ja, ganz bestimmt«, sagte Høyer. »Außerdem haben sie die Waffe gefunden. Er hat ein Mal geschossen, das Gewehr weggeworfen und ist verschwunden.«

»Auf welchem Weg?«, fragte Therkelsen.

»Rauf«, sagte Høyer. »Die Treppe führt auf den Speicher. Das tun alle Treppen in dem Komplex. Er konnte hochlaufen und über einen anderen Aufgang in einer anderen Straße wieder hinunter. Und genau das hat er getan. Die Brandschutztür hatte er bestimmt vorher schon geöffnet. Denn natürlich gibt es eine Brandschutztür. Er war über alle Berge, bevor wir auch nur irgendetwas tun konnten«, schloss er bitter.

»Vielleicht hat jemand ihn gesehen«, sagte Therkelsen. »Wenn nicht beim Gehen, dann vielleicht beim Kommen. Denn wenn er ein Gewehr mit sich herumgetragen hat ...«

»Er hat bestimmt kein Gewehr mit sich herumgetragen«, unterbrach ihn Høyer. »Jedenfalls nicht so, dass man es sehen konnte. Aber irgendetwas muss er getragen haben.«

Bøjsen, der Leiter der Technischen Abteilung, gesellte sich zu ihnen.

»Das ist schon eine sonderbare Geschichte. Jemandem den Kopf wegzublasen, während er zwischen zwei Polizisten steht. Das kommt mir schon ein bisschen ... na ja, dreist vor, oder? Konntest du ihn nicht liegen lassen, bis wir da waren?«

»Der Mann war nicht tot«, wandte Høyer ein. »Ich konnte ihn nicht einfach liegen lassen, nur um es euch leichter zu machen.«

»Na, die paar Minuten«, meinte Bøjsen. »Was habt ihr herausgefunden? Es muss doch von Vorteil sein, dass ihr direkt am Tatort wart.«

Høyer schüttelte den Kopf.

»Es wäre von Vorteil, wenn wir ein Dutzend Leute gewesen wären. Vorläufig können wir nur mit Sicherheit sagen, dass sie gewusst haben müssen, dass er hier war. Oder dass er früher oder später hierher kommen würde.«

»Sie?« Bøjsen sah ihn fragend an.

»Dann sagen wir eben er«, sagte Høyer. »Er hat da oben gestanden und auf ihn gewartet. Und dann: Peng!«

»Warum?«, fragte Therkelsen.

»Weil nur ein toter Indianer ein guter Indianer ist«, sagte Høyer. Der Satz war ihm durch den Kopf gegangen, seit er die leblose Gestalt auf der Treppe gesehen hatte.

Therkelsen und Bøjsen sahen ihn verwirrt an, dann zuckte Bøjsen mit den Schultern und ging zu dem Haus hinüber. »Ich sehe mal, wie weit sie sind«, sagte er. »Aber ihr solltet euch nichts davon versprechen. Das war mit Sicherheit ein Profi.«

»Da könnte er Recht haben«, sagte Therkelsen zu Høyer. »Das wirkt irgendwie verdammt professionell. Undänisch.«

»Tja, vielleicht«, sagte Høyer. »Ich bin eigentlich der Meinung, dass wir inzwischen auch ziemlich gut sind.«

»Was steckt dahinter?«

»Keine Ahnung«, sagte Høyer und seine Gedanken streiften die Schlüsselworte, die er sich auf seinem Block notiert hatte. *Allein* konnte er demnach streichen. Der Indianer hatte mit jemandem zusammengearbeitet – anders konnte es nicht sein.

»Wenn er durchkommt, kann er uns das vielleicht selbst erzählen«, dachte Therkelsen laut.

»Das wird er nicht.«

»Man weiß nie. Menschen überleben die unglaublichsten Dinge.«

»Ja, aber keine so unglaublichen«, sagte Høyer. »Der halbe Kopf ist weggeblasen. Falls er wirklich überleben sollte, wird er jedenfalls kein vernünftiges Wort mehr herausbringen.«

Ein weiterer Wagen fuhr auf den Parkplatz. Bach stieg aus und kam ihnen entgegen. Als Høyer und Therkelsen sich umdrehten und ihn sahen, drehte er den Daumen nach unten.

»Tot?«, fragte Høyer, aber es klang mehr wie eine Feststellung.

Bach nickte. »Ja, noch bevor er auf dem Operationstisch lag.«

Høyer schwieg eine Weile in Gedanken versunken. Dann richtete er sich mit einem Ruck auf. »Also Freunde, machen wir uns an die Arbeit. Fangen wir lieber gleich mit dem Klinkenputzen an.«

Der Qualm wehte aus Høyers weit geöffneten Bürofenstern. Erst jetzt, gegen elf Uhr abends, schien es leicht abzukühlen.

Unten auf der Straße ratterte ein Moped vorbei.

»Frisiert«, stellte Therkelsen fest.

Er und Høyer waren in Hemdsärmeln, Larsen trug ein Polohemd. Bach hatte seine Jacke an, aber er war der Einzige von ihnen, der nicht müde und verschwitzt aussah.

»Noch Kaffee?«, Høyer schob die Thermoskanne zu ihm hin.

»Nein, danke«, sagte Bach. »Dann kann ich heute Nacht nicht schlafen.«

Therkelsen lachte. »Wer zum Teufel sagt, dass du heute Nacht schlafen sollst?«

»Ich denke, wir kommen im Moment nicht weiter«, antwortete Bach.

»Stimmt«, räumte Høyer ein. »Das ist nicht gerade viel, was wir herausbekommen haben. Aber zumindest haben wir eine Zeugin, die den Kerl mit ziemlicher Sicherheit gesehen hat, als er kam. Und das war gegen Mittag.«

»Wir *wissen* nicht, ob er es war«, wandte Bach ein.

»Wir wissen es nicht, aber wir haben eine begründete Vermutung«, sagte Høyer. »Ihr ist aufgefallen, dass er einen *Instrumentenkasten* bei sich trug, und sie hat sich darüber gewundert, dass er bis auf den Speicher hinaufgegangen ist. Außerdem passt ihre Beschreibung des Mannes mit der überein, die der Friseur uns von der Person geben konnte, die er, ein paar Minuten bevor er das erste Martinshorn gehört hat, aus dem Haus kommen sah. Es war warm, er hatte keine Kundschaft und hat sich ungefähr eine halbe Stunde vor die Tür seines Salons gestellt und ein Sonnenbad genommen. Und sonst ist niemand herausgekommen. Ich glaube, das reicht.«

»Jeans, weißes T-Shirt mit irgendeinem Label auf der Vorderseite, Turnschuhe, kurzes, mittelblondes Haar«, psalmodierte Therkelsen. »Was glaubt ihr, wie viele hundert Menschen heute Nachmittag in der Stadt herumgelaufen sind, auf die diese Beschreibung passt?«

»Wir wissen außerdem, dass er in einem Datsun weggefahren ist«, sagte Høyer. »Es wundert mich übrigens etwas, dass er den Wagen ein paar Stunden im Parkverbot hat stehen lassen.«

»Der war bestimmt gestohlen«, sagte Larsen.

»Trotzdem«, sagte Høyer. »Irgendwo muss er ihn wieder loswerden. Und das kann uns möglicherweise weiterhelfen.«

»Wir haben keine Nummer.«

»Nein, die Politessen sind nie da, wo sie sein sollten«, sagte Larsen. Er hatte gerade ein Knöllchen bekommen und sprach aus Erfahrung.

»Kommen wir zurück zum Indianer«, schlug Høyer vor. »Wer wusste, dass er zu dieser Zeit an diesem Ort war? Und woher wussten die Täter es? Woher *konnten* sie es wissen? Fest steht, dass der Indianer gestern ins Land eingereist ist. Aus der Schweiz. Das haben wir überprüft, daran besteht kein Zweifel. Es besteht auch kein Zweifel, dass er mit einem Flugzeug gekommen ist, das planmäßig um 19.20 Uhr gelandet ist. Und er selbst behauptet – oder besser gesagt: hat behauptet –, direkt zu Grete Krag gefahren zu sein. Daran bestehen allerdings einige Zweifel. Die Vermieterin, die alte Frau Greve, hat ihn jedenfalls nicht vor Mitternacht gehört. Er hat auch behauptet, ein Taxi dorthin genommen zu haben, aber wir haben noch immer nicht den Fahrer gefunden, der ihn befördert hat. Er kann natürlich noch auftauchen, aber uns fehlt nach wie vor eine Erklärung, woher der Mörder wusste, wo er ihn finden konnte.«

»Soll das ein Witz sein?«, fragte Therkelsen.

»Nein«, Høyer klang leicht gereizt.

»Soweit ich das sehe«, sagte Bach, »muss er schon eine ganze Weile beschattet worden sein. Vielleicht schon von der Schweiz aus, das scheint mir am wahrscheinlichsten. Der Typ muss ihm die ganze Zeit auf den Fersen gewesen sein und in Wirklichkeit hätte der Mord zu jedem x-beliebigen Zeitpunkt geschehen können. Aber dann lief etwas schief, der Indianer wurde festgenommen. Also blieb dem Verfolger nichts anderes übrig, als dranzubleiben. Und da war es eigentlich leicht zu erraten, dass er irgendwann im Laufe des Tages dem Haftrichter vorgeführt werden würde.«

»Der Täter hätte ihn auch laufen lassen können«, protestierte Therkelsen.

»Das hat er bestimmt auch gehofft. Wer will schon einen Mann vor den Augen der Bullen erschießen? Aber er hatte keine andere Wahl.«

»Und was soll das Motiv gewesen sein?« Høyer sah ihn fragend an.

»Ich vermute, dass der Indianer sich mit den schweren Jungs eingelassen hat. Mit den richtig schweren Jungs. Und wenn man mit denen Kirschen isst, riskiert man, einen Stein in die Augen zu bekommen.«

Høyer verzog das Gesicht zu einer Grimasse.

»Wenn du sagst mit ›den richtig schweren Jungs‹, denkst du an Drogen, nicht?«, fragte Therkelsen.

»Ja«, sagte Bach.

»Høyer und ich haben etwas Ähnliches vermutet, bevor ihr gekommen seid«, sagte Therkelsen. »Der Indianer ist viel gereist und er war einige Male in Amsterdam. Möglich also, dass du Recht hast und er versucht hat, die Typen reinzulegen. Und das war nicht klug. Oder sie sind nervös geworden, dass er singt.«

»Aber das ist nur eine Theorie«, sagte Høyer. »Mit Drogen hatte er noch nie zu tun.«

Er sah auf seinen Block und unterstrich nachdenklich das Wort *Drogen.*

»Da ist Geld drin«, sagte Bach. »Viel Geld.«

»Aber brauchte er Geld?«, fragte Høyer. »In Wirklichkeit hatte der Indianer immer genug Geld.«

»Ja, früher«, sagte Bach. »Solange die Eltern noch lebten. Aber es ist nicht gesagt, dass der Bruder genauso bereitwillig Geld herausgerückt hat.«

»Er muss doch ein Vermögen geerbt haben«, wandte Larsen ein.

Bach schüttelte den Kopf. »Nein, hat er nicht. Der

Bruder hat die Firma übernommen, während die Schwester und der Indianer mit ein paar Aktien abgespeist wurden. Dafür hat die Schwester die Prachtvilla der Familie bekommen.«

»Sein Vater konnte ihn doch nicht enterben«, sagte Larsen fast ärgerlich. »Das geht nicht. Das ist gegen das Gesetz.«

»Das hat er auch nicht. Alles wurde ein Jahr vor dem Tod des Alten geregelt.«

»Ich glaube, du bist auf dem Holzweg«, sagte Høyer. »Jedenfalls hat er mir erzählt, dass er eine Agentur in der Schweiz geerbt hat.«

»Ja, das stimmt«, sagte Bach. »Aber die ist von der Mutter. Sie hatten Gütertrennung, von ihr haben die Kinder zu gleichen Teilen geerbt.«

Høyer sah ihn an. Verwundert. Es war und blieb ihm ein Rätsel, woher Bach all seine Informationen hatte. Er war ein wandelndes biografisches Lexikon sämtlicher Einwohner der Stadt.

»Na schön, wenn du das sagst, wird es wohl stimmen«, sagte er.

»Ja«, sagte Bach ohne falsche Bescheidenheit.

»Ich denke, wir sollten versuchen, alles auszugraben, was wir über den Indianer bekommen können«, sagte Høyer. »Zum einen müssen wir Erkundigungen bei der Schweizer Polizei einholen, die haben möglicherweise irgendetwas gegen ihn vorliegen, zum anderen können der Bruder und die Schwester uns vielleicht weiterhelfen. Die nehmen wir uns gleich morgen vor. Wir werden wohl auch noch einmal mit der alten Dame reden müssen. Sie kann sich schließlich geirrt haben. Vielleicht war er wirklich den ganzen Abend in der Wohnung.« Er sah sie an.

»Da wäre noch eine Frage, von der ich mich gewundert habe, dass keiner von euch sie gestellt hat.«

Die anderen sahen ihn neugierig an.

»Was wollte er bei Grete Krag? Wenn wir zumindest als Arbeitshypothese davon ausgehen, dass der Mord in Zusammenhang mit einer größeren Drogensache steht, kommt es mir ziemlich unwahrscheinlich vor, dass er mittendrin einen ganz gewöhnlichen Bruch macht. Was wollte er also in ihrer Wohnung? Warum war es so wichtig für ihn, in diese Wohnung zu kommen, dass er nicht einmal erst zu sich nach Hause gefahren ist? Wo er zudem davon ausgehen musste, dass Grete Krag in Urlaub ist.«

»Vielleicht wusste er, dass sie hinter ihm her waren«, schlug Larsen vor, »und hat einfach versucht, bei ihr unterzutauchen.«

»Das ist möglich. Aber welche Verbindung bestand zwischen ihm und einer netten jungen Dame, die Assessorin am Nachlassgericht ist? Wir haben zu viele Fragen und so gut wie keine Antworten. Hoffentlich ergibt sich morgen etwas.« Høyer sah auf die Uhr. »Lassen wir es für heute gut sein, Freunde. Wir treffen uns morgen um acht. Oder besser gesagt heute.«

Høyer fuhr langsam den stillen Villenweg hinunter. Er musste lächeln, als er das Straßenschild sah. Bevor er losgefahren war, hatte er Therkelsen gefragt, ob er wisse, wo der Kaj Lübkesvej sei.

»Der Calypsovej?«, hatte Therkelsen gesagt. »Gibt es den wirklich? Teufel auch, was für ein Name.«

»Nein, der Kaj Lübkesvej. Mit einem deutschen ü«, erklärte Høyer.

»Das macht die Sache auch nicht besser. Nein, keine Ahnung, wo der ist oder wer Kaj Lübke ist. Sieh auf dem Stadtplan nach.«

Und jetzt war er hier.

Er fuhr die Straße bis zum Ende hinunter und wendete. Einen Moment blieb er in dem Wendehammer stehen und sah sich um. Es standen keine anderen Autos da. Die Leute waren zur Arbeit, zum Einkaufen oder in Urlaub. Aber Dienstagabend hatten hier bestimmt Autos geparkt. War ein heller Datsun darunter gewesen? Oder hatte er in einer der Einfahrten gestanden? Oder war es ein ganz anderes Auto gewesen, ebenfalls gestohlen?

In einem Punkt war Høyer sich sicher: Der Mörder war hier gewesen.

Er parkte das Auto vor Nummer achtzehn und ging den Gartenweg hoch zur Eingangstür.

Die Tür wurde geöffnet, noch bevor er den Finger von der Schelle genommen hatte. Als hätte die Frau im Haus bereitgestanden, um ihm aufzumachen. Høyer sah sie verblüfft an. Er hatte eine kleine alte Dame erwartet, doch diese Dame war zwar alt, aber mit Sicherheit nicht klein. Sie war nur einen halben Kopf kleiner als er und richtete den Blick auf sein Kinn, als sie ihn fragend begrüßte.

Høyer stellte sich vor, und ihm fiel auf, dass sie den Blick ein wenig nach oben verlagerte, sobald er die ersten Worte gesprochen hatte. Hätte er nicht gewusst, dass sie blind war, wäre es ihm kaum aufgefallen. Den blauen Augen war nichts anzumerken, überhaupt nichts, dachte Høyer und fragte sich einen Moment, ob es sich um die Haushälterin handelte, aber ihre nächsten Worte überzeugten ihn, dass sie wirklich Kamma Greve war.

»Ach ja, Sie hatten angerufen. Möchten Sie nicht hereinkommen? Oder besser mit raus. Ich habe mich gerade mit einer Tasse Kaffee auf die Terrasse gesetzt. Ich hole noch eine Tasse. Sie möchten doch bestimmt einen Kaffee, oder?« Sie wartete die Antwort gar nicht erst ab, sondern fuhr fort: »Am einfachsten kommen Sie durch die Öffnung in der Hecke in den Garten. Setzen Sie sich schon mal, ich komme gleich.«

Høyer gehorchte und nahm sich auf der Terrasse einen Stuhl.

Einen Augenblick später kam Kamma Greve aus dem Haus und setzte sich ihm gegenüber. Ihr auf den Fersen folgte ein Schäferhund, der sich still zu ihren Füßen niederließ, nachdem er zuerst Høyers Hosenbeine beschnüffelt hatte.

»Das ist Marquis«, erklärte Frau Greve. »Der Name ist ein kleiner Witz von mir. Marquis ist ein deutscher Hund. In seiner Heimat heißt Greve Graf und ein Graf wird sich doch nicht mit weniger als mit einem Marquis begnügen, meinen Sie nicht auch? Er ist mein Blindenhund und ohne ihn käme ich nicht zurecht. Aber leider werde ich das wohl müssen. Früher oder später. Er wird langsam alt. Er ist elf Jahre und erblindet allmählich. Auf dem einen Auge kann er fast gar nichts mehr sehen.« Sie lachte. »Hier im Haus führt der Einäugige den Blinden.« Sie schob Høyer die Kanne hin. »Würden Sie sich bitte selbst bedienen?«

»Ja, danke«, sagte Høyer und gehorchte.

Er sah sich um. Vor der Terrasse befand sich ein Beet mit duftenden roten Rosen, das von einer Lavendelhecke umgeben war, und längs des Wegs, der in den Garten hinunterführte, wuchsen zartgrüne Reseden.

Es war als wäre sie seinem Blick gefolgt. »Das ist mein Duftgarten«, sagte sie. »Mein Mann hat den Garten umgestaltet, als ich erblindet bin. Das ist jetzt fünfundzwanzig Jahre her. Es war an meinem fünfzigsten Geburtstag. Was für ein Geburtstagsgeschenk, als wäre es nicht schlimm genug, fünfzig zu werden. Wir hatten einen Unfall und irgendwas ist mit meinem Sehzentrum passiert. Aber man gewöhnt sich daran, auch wenn es ein wenig unpraktisch ist. Und ich genieße den Garten, wie er jetzt ist, auch wenn mein Sohn sagt, dass es hier wie in einem Bordell riecht. Woher er das wohl weiß! Aber Sie sind vermutlich nicht gekommen, um über mein Leben und meinen Garten zu reden.«

Høyer schüttelte den Kopf, fing sich aber schnell. »Nein«, sagte er. »Ich würde gerne etwas mehr über Ihren nächtlichen Gast erfahren.«

»Was für eine tragische Geschichte«, sagte sie. »Und merkwürdig, nicht? Ich habe gehört, dass er vor den Augen der Polizei erschossen wurde.«

»Ja«, sagte Høyer, ohne das weiter zu kommentieren. »Das stimmt. Aber wir konnten uns vorher kurz mit ihm unterhalten und er hat behauptet, dass er sich schon am frühen Abend Einlass in die Wohnung verschafft hat.«

»Unsinn«, sagte sie. »Ich habe den ganzen Abend hier gesessen, verstehen Sie, das Wetter war ja so wunderbar, ich hätte ihn gehört. Und wenn nicht ich, dann Marquis.«

Der Hund hob den Kopf, als er seinen Namen hörte.

»Er hat nicht gebellt, als ich kam«, sagte Høyer.

Sie lachte. »Nein, aber er hat Sie gehört. Ich wollte nicht, dass er bellt. Ich erschrecke mich so, wenn er plötzlich loslegt, denn manchmal kommt es total überraschend. Deshalb habe ich es ihm ganz abgewöhnt. Er begnügt sich damit, mich anzustupsen und leise zu fiepen. Aber er kann sehr gut bellen, wenn ich das will. Nicht wahr, Marquis?«, sagte sie zu dem Hund und legte ihm die Hand auf den Kopf. »Bell!«

Der Hund stand auf und bellte laut, dann warf er seinem Frauchen einen fast nachsichtigen Blick zu und legte sich wieder neben sie.

»Wie lange haben Sie hier gesessen?«, fragte Høyer, als die Vorstellung vorbei war.

»Bis ungefähr halb elf. Anschließend bin ich reingegangen, um das Abendfeuilleton zu hören. Es war die letzte Folge einer Sendereihe und die wollte ich nicht verpassen, auch wenn das Wetter fast zu schön war, um drinnen zu sitzen.«

»Und danach?«

»Bin ich ins Bett gegangen. Ich habe noch etwas gelesen, und kurz nachdem ich das Buch zur Seite gelegt hatte, habe ich gehört, dass jemand im Haus war.«

»Sie haben gelesen?«, fragte Høyer verblüfft.

»Blindenschrift. Ich lese gerne noch etwas vor dem Einschlafen, aber inzwischen werden meine Fingerspitzen schnell müde. Das ist vermutlich das Alter. Glücklicherweise gibt es viele ganz ausgezeichnete Hörbücher, aber das ist nicht ganz dasselbe.«

»Hmm«, Høyer trank einen Schluck Kaffee und dachte nach. »Soweit ich das verstanden habe, haben Sie ihn nicht kommen hören. Sie haben ihn erst gehört, als er oben in der Wohnung war?«

»Ja. Mein Schlafzimmer liegt am entgegengesetzten Ende des Hauses und geht auf den Hintergarten hinaus. Wenn er sich auch nur halbwegs leise bewegt hat – und wie ich gehört habe, war er ein Experte darin –, konnte ich ihn unmöglich hören. Aber Frau Krags Wohnzimmer liegt genau über dem Schlafzimmer.«

Høyer sah sie an. Sie klang sehr sicher. Aber wenn der Indianer nicht hier gewesen war, wo hatte er dann den Abend verbracht? Hatte er gewusst, dass er beschattet wurde, und versucht, seinen Verfolger abzuschütteln? Und geglaubt, dass ihm das gelungen war, als er sich schließlich entschloss, in die Wohnung seiner Freundin zu fahren? Wenn sie denn wirklich seine Freundin war.

»Sie haben die Stimme des Indianers gehört, als er festgenommen wurde«, sagte Høyer. »Ich meine Martin Nielsens Stimme, und Sie haben gesagt, dass Sie sie noch nie gehört hätten.«

»Nein, das habe ich so nicht gesagt. Ich habe dem Polizisten gesagt, dass ich nie gehört habe, wie er Grete Krag besucht hat. Aber ich habe die Stimme schon einmal gehört. Sogar am selben Nachmittag. Ich bin mir sicher, dass er das war, der angerufen und gefragt hat, ob ich weiß, wo er Frau Krag erreichen kann. Er hatte vergebens versucht, sie anzurufen.«

»Dann wusste er also, dass sie verreist ist«, stellte Høyer fest.

Sie lächelte. »Nicht von mir. Das habe ich ihm nicht erzählt. Ich kannte den Mann nicht und hätte nicht im Traum daran gedacht, ihm zu verraten, dass ich allein im Haus bin. Ich habe ihn abgewimmelt. Nett und höflich, natürlich.«

»Natürlich«, lächelte Høyer. »Haben Sie eine Idee, von wo aus er angerufen hat? Aus einer Telefonzelle oder …«

»Ja, da bin ich mir ganz sicher«, sagte sie. »Er hat vom Flughafen in Kopenhagen aus angerufen. Ich konnte die Lautsprecher im Hintergrund hören.«

Høyer sah sie mit Respekt an. Es war das erste Mal, dass er mit einer blinden Zeugin zu tun hatte, und er war verblüfft, wie viel sie gehört und sich gemerkt hatte.

»Und da wir gerade vom Telefon reden«, sagte sie. »Es hat gegen elf an dem Abend noch einmal geschellt. Kurz vor elf. Ich habe nicht abgenommen, weil ich Radio gehört habe. Es ist mir ein bisschen peinlich, so bin ich sonst nicht, aber im Nachhinein habe ich gedacht, dass er vielleicht angerufen hat, um zu hören, ob jemand zu Hause ist.«

»Das klingt plausibel«, sagte Høyer. »Um auf Grete Krag zurückzukommen. Er hat behauptet, sie sehr gut zu kennen, aber das glauben Sie nicht?«

»Ich kenne nicht all ihre Bekannten, aber es kommt mir ein wenig seltsam vor, dass sie mit einem … nun ja, einem notorischen Verbrecher eng befreundet sein soll. Es würde Sie auch wundern, wenn Sie sie kennen würden. Sie ist sehr … ich weiß nicht, wie ich das erklären soll, aber wenn ich sage, dass sie früher bei den Pfadfindern war und noch immer so aussieht, als hätte sie das Pfadfindergelübde im Hinterkopf, können Sie sich vielleicht eine Vorstellung machen. Und ich bin sicher, dass er sie in den drei Jahren, die sie jetzt hier wohnt, nicht besucht hat. Ich habe ihn jedenfalls nicht gehört.«

»Wie alt ist sie?«

»Einunddreißig.«

»Und sie ist weder verheiratet noch …?«

»Nein, weder noch. Soweit ich weiß. Aber es ist natürlich nicht ausgeschlossen, dass sie Bekanntschaften hat, die sie nicht mit nach Hause bringt. Sie weiß, dass ich eine neugierige alte Frau bin und höre wie ein Luchs. Sie geht bestimmt davon aus, dass ich alles, was sie macht, genau verfolge.« Sie schwieg einen Augenblick, um dann hinzuzufügen: »Und das tue ich natürlich auch.«

Høyer summte vor sich hin, als er wieder fuhr. *»Trink aus dein Glas, der Tod steht auf der Schwelle.«* Die Melodie saß ihm seit neulich Abend im Ohr und gerade jetzt war er aufgekratzt und guter Dinge. Therkelsen behauptete, er habe eine Schwäche für alte Damen, aber das stimmte nicht ganz. Nicht nur für alte Damen, für alte Menschen überhaupt. Wenn sie gesund und geistig rege waren wie Kamma Greve. Es war eine rein egoistische Freude, die er empfand, weil er den Eindruck hatte, dass ein Versprechen in ihnen lag. Ein Versprechen, dass das Leben auch weiter lebenswert blieb.

Er sah das Schild *Schrøder AG* und bog in die Einfahrt zum Kundenparkplatz ein. Weder das Schild noch das Gebäude wirkte imponierend, aber Høyer wusste, dass sich hinter dem bescheidenen Äußeren eines der größten und solidesten Unternehmen der Stadt verbarg. Angefangen hatten sie vor drei Generationen mit Fahrrädern, später waren Nähmaschinen und Radios hinzugekommen und jetzt machten elektronische Komponenten den größten Teil des Geschäfts aus.

Høyer betrat die Vorhalle. Hinter der lackroten Rezeption stand mit dem Rücken zu ihm ein langbeiniges, schwarz gelocktes Mädchen in einem weißen Kleid und sprach mit jemandem hinter einer offen stehenden Tür. Als sie Høyer hereinkommen hörte, drehte sie sich um, und zu seiner Verblüffung blickte er in ein ebenholzschwarzes Gesicht mit großen braunen Rehaugen.

»Oh«, sagte Høyer verwirrt, während er sich fragte, ob sie überhaupt Dänisch verstand.

Sie lächelte ihn halb nachsichtig, halb wissend an und fragte in schönstem, dialektgeprägtem Dänisch: »Zu wem möchten Sie?«

»Zu Direktor Schrøder«, sagte Høyer und stellte sich vor. »Ich werde erwartet.«

»Einen Augenblick, bitte«, sagte sie und griff nach dem roten Telefon, das auf ihrem Schreibtisch stand.

Høyer betrachtete sie, während sie telefonierte. Im Grunde war es nicht so verblüffend, sagte er sich. Etliche der kleinen schwarzen Kinder, die während der letzten zehn Jahre ins Land gekommen waren, mussten zwangsläufig zu ebenso schwarzen Erwachsenen herangewachsen sein, die ebenso dänisch waren wie er selbst. Und sie machte sich auf jeden Fall gut an der Rezeption.

»Bitte«, sagte sie und drehte sich zu ihm um. »Direktor Schrøder erwartet Sie. Den Gang hinunter, die letzte Tür auf der linken Seite.« Sie zeigte ihm den Weg.

Die Stimme, die »Herein« sagte, glich der des Indianers so sehr, dass Høyer einen wilden Moment erwartete, ihn zu sehen oder zumindest eine Kopie von ihm, als er die Tür öffnete und in das Büro trat. Doch mit der Stimme hörte die Ähnlichkeit auch auf. Direktor Schrøder hatte weder das Aussehen noch die Ausstrahlung des Indianers. Er war ein unattraktiver, bürokratisch aussehender, mittelblonder Mann.

»Nehmen Sie bitte Platz«, sagte er und lächelte mit einer künstlichen Herzlichkeit, dass Høyer befürchtete, er betrachte ihn als potenziellen Kunden. »Um was geht es? Das habe ich nicht richtig verstanden. Ich hoffe doch sehr, wir haben keinen Fehler gemacht.«

Høyer bemerkte das kleine ›wir‹. Schrøder und seine Firma waren offensichtlich eine Art Symbiose eingegangen. Aber was sollte diese Komödie? Er wusste schließlich, dass sein Bruder tot, dass er erschossen worden war, und ihm musste klar sein, worüber Høyer mit ihm reden wollte.

»Ich verstehe, dass es für Sie gerade jetzt unangenehm sein mag, aber ich möchte gerne mit Ihnen über Ihren Bruder sprechen«, sagte Høyer. »Wir hoffen, dass Sie vielleicht …«

Der andere unterbrach ihn. Das herzliche Lächeln, das die Augen nicht erreicht hatte, war ganz verschwunden, das Gesicht vollkommen ausdruckslos, der Blick leer und die Stimme kühl, als er sagte: »Mein Bruder, Herr Kommissar? Da muss ein Missverständnis vorliegen. Ich habe keinen Bruder. Er ist vor fünf Jahren gestorben.«

4

Høyer starrte sein Gegenüber fassungslos an. Was immer er erwartet hatte, das jedenfalls nicht.

Dann räusperte er sich. »Herr Schrøder, wollen Sie damit sagen, dass Sie nicht wissen, dass Ihr Bruder gestern vor dem Gericht niedergeschossen wurde?«

Schrøders Blick war genauso eiskalt wie vorher, als er sagte: »Mir ist mitgeteilt worden, dass ein Mann mit Namen Martin Nielsen ermordet worden ist. Der Name sagt mir nichts. Ich kenne niemanden dieses Namens und habe nie jemanden gekannt. Wie gesagt, da muss ein Missverständnis vorliegen.«

Er klang so überzeugend, dass es Høyer nur mit Gewalt gelang, ihm nicht zu glauben.

»Herr Schrøder, ich bin mir sicher, dass Sie genau gewusst haben, dass Ihr Bruder eine Namensänderung vorgenommen und den Mädchennamen seiner Mutter angenommen hat, als er das letzte Mal im Gefängnis saß. Und dass er sich seitdem Martin Nielsen genannt hat.«

Schrøder antwortete nicht, sondern zog das Zigarettenetui, das auf dem Schreibtisch lag, zu sich hin, nahm eine Zigarette und zündete sie an. »Ach, Entschuldigung«, sagte er dann und schob die Schachtel zu Høyer hin. »Bitte schön.«

»Nein danke«, sagte Høyer. »Sie haben meine Frage nicht beantwortet.«

»Ich denke, ich *habe* Ihnen geantwortet. Mein Bruder ist vor gut fünf Jahren gestorben und ich kenne niemanden mit Namen Martin Nielsen.«

Høyer biss die Zähne zusammen. Er war eigentlich ein sehr geduldiger Mensch, aber jetzt wäre er am liebsten aufgesprungen und hätte diesen steifen, irritierenden Mann kräftig geschüttelt.

Aber es gelang ihm, die Wut in seiner Stimme zu bezwingen, als er sagte: »Ich bin mir darüber im Klaren, dass Ihr Bruder für Sie offensichtlich gestorben ist, als er das letzte Mal mit dem Gesetz in Konflikt geraten ist. Damals haben Sie sich entschlossen, ihn für sich sterben zu lassen. Auch wenn ich Sie nicht verstehe, würde ich im Normalfall Ihren Standpunkt respektieren, aber hier geht es um eine Straftat. Ihr Bruder ist ermordet worden, irgendjemand hat ihn niedergeschossen, und ob Ihnen das passt oder nicht: Tatsache ist, dass er gestern gestorben ist und wir in einem Mordfall ermitteln. Es ist Ihre Pflicht, uns alles zu erzählen, was Sie über Ihren Bruder wissen.«

Wenn Høyer wirklich Klartext redete und seine Worte mit der Haltung unterstrich, wurde sein ganzer Körper zu einem Resonanzboden.

Es bestand kein Zweifel, dass er bis ins Vorzimmer zu hören war.

Es hatte die beabsichtigte Wirkung. Etwas von Schrøders überlegener Ruhe verschwand, seine Wangen bekamen rote Flecken und er sah unsicher zuerst zur Tür und dann zu Høyer.

»Okay«, sagte er und drückte die Zigarette im Aschenbecher aus. »Dann einigen wir uns darauf, dass das mein Bruder war. Aber ich sehe nicht, wie ich Ihnen irgendwie helfen kann.«

»Vermutlich können Sie mir etwas darüber sagen, was Ihr Bruder in den letzten Jahren gemacht hat. Nachdem er seine Strafe abgebüßt hat«, sagte Høyer in gedämpfterem Tonfall.

»Ich weiß, dass er in die Schweiz gegangen ist, wo er eine Agentur geerbt hat. Über meinen Prokuristen weiß ich auch, dass er diese Agentur vor einigen Monaten verkauft hat. Zu einem Preis, der weit unter dem bei der Übernahme lag. Aber das wundert mich nicht, sie war bestimmt im Wert gefallen. Und etwas anderes kann ich Ihnen nicht erzählen.«

»Sie haben keine Ahnung, mit wem er Geschäfte gemacht hat oder worin er verwickelt gewesen sein könnte, das ...?«

»Ich habe überhaupt keine Ahnung, was meinen Bruder angeht. Für mich war er die letzten fünf Jahre tot. Ich habe weder an ihn gedacht noch mit ihm geredet noch ihn gesehen.«

»Was ist mit Ihrer Schwester? Hat sie ...«

»Das weiß ich nicht«, unterbrach ihn Schrøder. »Sie kannte meine Einstellung und hat sie respektiert. Wir haben nicht über ihn gesprochen.«

»Für mich klingt das alles äußerst sonderbar«, sagte Høyer.

»Finden Sie? Weil wir Brüder sind? Das sollte Sie nicht verwundern. Ich habe meinen Bruder immer verabscheut. Von Kindheit an. Wahrscheinlich finden Sie das lächerlich und banal, aber ich habe nie auch nur den geringsten Grund gehabt, warme Gefühle ihm gegenüber zu hegen. Ich bin das älteste von drei Kindern. Ich war acht Jahre lang ein Einzelkind, ein verwöhntes Einzelkind möglicherweise. Dann habe ich eine kleine Schwester bekommen, die sofort der Augenstern meines Vaters wurde. Das hat mich nicht die Spur eifersüchtig gemacht, sie war ein Mädchen, deshalb war das für mich etwas anderes. Ich wurde ihr Ritter, das hat mir gefallen. Sieben Jahre später haben wir einen kleinen Bruder bekommen. Man sollte meinen, dass ich da schon zu alt war, um eifersüchtig zu sein, aber das war nicht der Fall. Ich wusste sehr wohl, dass ich nichts Besonderes war, während er alles war, was ich gerne gewesen wäre. Meine Mutter vergötterte ihn und mein Vater übte Nachsicht mit ihm, was immer er auch anstellte. Und das ging lange so, selbst nachdem er sich als Einbrecher und Psychopath erwiesen hatte. Alle hatten Nachsicht mit ihm. Man hätte ihn einsperren sollen, als er seine ersten Straftaten beging, aber nein, man beschönigte sie, sah sie eher als Irrtümer an. Der nette junge Mann. Es musste sich um eine verlängerte Pubertät handeln. Er war vierundzwanzig, als er zum ersten Mal verurteilt wurde, und meine Eltern standen mit Geld und tröstenden Worten bereit, als er wieder herauskam, und hatten nicht einmal die Zeit zu bemerken, dass ich durch harte Arbeit die Firma zu dem gemacht hatte, was sie heute ist. Glauben Sie nicht, dass sie ihn bestrafen wollten, als sie ihn bei dem Generationswechsel nicht an der Firma beteiligten. Ganz im Gegenteil, selbst mein Vater sah ein, dass es der Anfang vom Ende gewesen wäre, Hans Martin nicht außen vor zu halten. Außerdem hätte er es eher als Strafe angesehen, hätte man ihn plötzlich zum Geschäftsmann gemacht. Sie finden sicher, dass ich an einer fast krankhaften Eifersucht leide, und das ist vielleicht richtig. Mir fiele es nicht im Traum ein, das zu leugnen. Und ich hatte keine Lust, Bruder eines Verrückten zu sein. Deshalb habe ich nach dem Tod meiner Eltern jede Verbindung zu ihm abgebrochen. Deshalb habe ich ihn sterben lassen.«

Das Telefon auf seinem Schreibtisch schellte und er griff schnell nach dem Hörer.

Er lauschte einen Augenblick, während sein Blick auf Høyer verweilte, als wäre er ein unliebsamer Gegenstand, den er sobald als möglich loswerden wollte.

»Wenn Sie keine weiteren Fragen haben«, sagte er, nachdem er den Hörer aufgelegt hatte. »Dann … ich habe noch einiges zu tun, und wie Sie vielleicht bemerkt haben, sind hier keine Informationen über Martin Nielsen zu holen.«

»Ja, das habe ich«, sagte Høyer und erhob sich steif. »Was die Beerdigung angeht, wie …«

Schrøder warf ihm ein halb spöttisches Lächeln zu. »Sie erwarten wohl kaum, dass ich mich darum kümmere. Martin Nielsens Begräbnis geht mich nichts an.«

»Nein«, sagte Høyer. »Das könnte ich mir auch nur schwer vorstellen.«

Høyer sah sich noch einmal um, als er die Tür öffnete. Poul Schrøder hielt mit beiden Händen die Schreibtischkante umklammert und starrte leer vor sich hin.

Das Mädchen an der Rezeption blickte auf und lächelte, als er in die Vorhalle kam. Einer plötzlichen Eingebung folgend, sprach er sie an.

»Wie lange arbeiten Sie schon hier?«, fragte er.

»Anderthalb Jahre«, sagte sie und warf ihm einen fragenden Blick zu.

»Dann kannten Sie seinen Bruder also nicht?«

Sie spähte unwillkürlich den Gang hinunter und sagte mit gedämpfter Stimme: »Er existierte nicht, das war mit das Erste, was ich gelernt habe, als ich hier anfing. Und jetzt ist er also wirklich tot.« Sie zuckte mit den Schultern. »Er war eigentlich ein super Typ. Ich habe ihn vor einem halben Jahr einmal gesehen. Man sollte nicht glauben, dass die beiden Brüder sind.«

»Vor einem halben Jahr?«, sagte Høyer. »Wo haben Sie ihn gesehen?«

Sie sah ihn verblüfft an. »Hier natürlich«, sagte sie. »Wo sonst?«

Therkelsen war heiß, er fühlte sich verschwitzt und unwohl.

Das weiße Sofa mit dem geblümten Cretonnebezug war viel zu niedrig, sodass er die langen Beine zusammenfalten musste und die Knie fast die Nase berührten. Er hatte das Gefühl, als würden seine gesamten Eingeweide in den Brustkorb gedrückt. Er sah sehnsüchtig auf die Terrasse hinaus, wo ein paar bequeme Stühle standen, und ließ den Blick dann über den Wintergarten schweifen, in dem er saß.

Der Raum wirkte wie eine Illustration aus *Schöner Wohnen.* Weiße Korbmöbel, grüne Pflanzen und an der Tür, die zur Terrasse hinausführte, eine riesige Voliere. Die meisten der Vögel waren draußen, aber ein paar kleinere, die Therkelsen für Wellensittiche hielt, zogen es offenbar vor, im Käfig zu bleiben und seine Merkwürdigkeit in Augenschein zu nehmen.

Solange niemand etwas sagte, waren sie auch still, aber sobald Therkelsen den Mund aufmachte, zwitscherten sie los, als wollten sie ihn übertönen. Er warf der Voliere einen finsteren Blick zu. Am liebsten hätte er den Viechern den Hals umgedreht.

Und die Frau war fast ebenso furchtbar, dachte er. Sie machte den Eindruck, als sei sie betrunken oder stünde unter Tabletten oder beides.

»Ich bin nach einer literarischen Figur benannt«, sagte sie gerade. »Und mein Bruder übrigens auch. Meine Mutter hatte literarische Interessen, jedenfalls glaubte sie das, aber sie waren schon ein wenig seltsam. Wissen Sie, nach wem ich benannt bin?«

Therkelsen schüttelte den Kopf. Er wusste nicht, nach wem Tania Jacobsen benannt war, und es interessierte ihn auch nicht.

»Nach Karen Blixen. Und mein Bruder, mein kleiner Bruder, meine ich, ist nach einem holländischen Autor benannt, der in Mode war, als er geboren wurde. Oder der in den Jugendtagen meiner Mutter in Mode war. Ich weiß es nicht mehr genau. Er hieß Hans Martin. Aber Martin war sein Nachname.«

Sie lächelte ihn kurz an. Das Lächeln huschte über ihr Gesicht wie eine Neonreklame, die ein- und wieder ausgeschaltet wird.

Sie folgte seinem Blick und plapperte weiter, bevor Therkelsen etwas sagen konnte.

»Ich habe mir einen Kanarienvogel gewünscht«, sagte sie und nickte zu der Voliere hin. »Einen kleinen Kanarienvogel in einem weißen Käfig mit Goldbeschlag, und ich habe eine Voliere bekommen. Das ist der Fluch meines Lebens. Ich bekomme immer, was ich mir wünsche, nur zehnfach, zwanzigfach, hundertfach. Wenn ich mir Regen wünsche, gibt es einen Wolkenbruch, wünsche ich mir Sonne, bekommen wir eine Hitzewelle. Ich habe mir gewünscht, dass mein kleiner Bruder ein wenig zur Ruhe kommt und … und jetzt ist er tot.«

Ihr Mund verzog sich und sie führte das Taschentuch, das ihre Finger automatisch zusammenknüllten, zu den Augen.

»Ich wage langsam nicht mehr, mir etwas zu wünschen«, fuhr sie fort. »Irgendwo da oben sitzt ein Gott und macht sich über mich lustig.«

Sie machte eine Pause und Therkelsen beeilte sich, sie zu unterbrechen.

»Wussten Sie, dass Ihr Bruder im Land war? Hier in der Stadt?«

Sie warf ihm einen verletzten Blick zu. »Ja, natürlich habe ich das gewusst«, sagte sie. »Er war hier.«

»Hier!«, rief Therkelsen verblüfft und sah sich unwillkürlich um. »Wann?«

»Das scheint Sie zu wundern«, sagte sie. »Aber er hat mich immer besucht, wenn er in Dänemark war. Er war Dienstagabend hier.«

»Er war am Dienstagabend hier?« Therkelsen versuchte, die Stellung zu wechseln. Er bekam langsam Krämpfe in den Beinen.

»Ich glaube, es war gegen halb acht, aber daran erinnere ich mich nicht mehr genau. Er kam jedenfalls direkt vom Flughafen hierher. Vielleicht war es auch ein bisschen später, Viertel vor acht, und er ist bestimmt zwei Stunden geblieben, eher etwas länger.«

»Wann genau ist er wieder gegangen?«

»Das muss gegen zehn gewesen sein. Mein Mann ist gegen halb elf nach Hause gekommen und da war er längst weg. Die … mein Mann mag ihn nicht.«

Das Neonlicht ging wieder an und aus. Entschuldigend diesmal.

»Hat er gesagt, wohin er wollte?«

»Nein, wahrscheinlich ist er zu seiner Wohnung gefahren. Oder … ich weiß es nicht. Irgendwann muss er ja zu dem Haus gefahren sein, wo man ihn festgenommen hat.

Aber das war bestimmt ein Missverständnis. Mein Bruder war dem lange entwachsen. Das waren doch … Jungenstreiche, nicht? Na ja, das ist vielleicht nicht ganz das richtige Wort, aber trotzdem. Er war damals noch ein großes Kind. Aber jetzt hatte er sich geändert. Wirklich geändert.«

»Wie?«

Sie biss sich in die Unterlippe und legte den Kopf auf die Seite, während sie nachdachte. Die Vögel schwiegen. Es war ganz still im Zimmer.

Therkelsen sah sie abwartend an. Sie erinnerte selbst an einen Vogel, dachte er. An einen Kakadu. Mit dem rotblonden Haar, dem weißen Hosenanzug und den schnellen vogelartigen Bewegungen.

»Das ist nicht so leicht zu erklären«, sagte sie. »Aber irgendwie schien er … erwachsener und weniger charmant. Sein Charme bestand in Wirklichkeit darin, dass er nie richtig erwachsen geworden war. Was ich an ihm geliebt habe, war gerade diese Tollkühnheit, diese Verwegenheit, diese Verachtung der Konventionen. Er war so herrlich lebendig, so intensiv. Sicher, er war ein Dieb, aber das war er nur zum Spaß, weil er das aufregend fand, Geld bedeutete ihm nichts.«

Sie schwieg. Und die Vögel, die gezwitschert hatten, während sie redete, schwiegen ebenfalls wie auf Kommando.

»Aber er hatte sich verändert, sagen Sie?«

»Ja, er war erwachsen geworden. Plötzlich war er wie alle anderen Geschäftsleute. Sie wissen doch, dass er sein eigenes Geschäft hatte? In der Schweiz, da war es wohl an der Zeit, dass er erwachsen wurde, aber in gewisser Weise war es schade.«

Sie stand auf und ging langsam zu der Voliere. Sie ging ebenso lautlos wie ihr Bruder, stellte Therkelsen verblüfft fest.

Sie blieb mit dem Rücken zu ihm stehen, während sie weiterredete.

»Es ist merkwürdig, einer Familie anzugehören, die dabei ist auszusterben. Mein großer Bruder und ich sind die letzten. Er ist nicht verheiratet und wird sicher auch nie heiraten. Und wir haben keine Kinder. Ich kann offenbar keine bekommen. Sie können sich nicht vorstellen, welche Hölle es ist, sich ein Kind zu wünschen und keins bekommen zu können.«

Therkelsen schüttelte den Kopf. Nein, das konnte er sich absolut nicht vorstellen.

»Wissen Sie etwas über die Geschäfte Ihres Bruders? Oder über seine Geschäftsverbindungen?«

Sie drehte sich zu ihm um. »Überhaupt nicht. Über so etwas haben wir nie geredet. Er wusste, dass mich das langweilt. Für mich sind Geschäfte mit das Langweiligste, das man sich vorstellen kann. Ich kann absolut nichts Spannendes darin sehen. Ich finde das Leben im Ganzen nicht besonders spannend – und Sie?«

Therkelsen sah sie an. Die Aussage kam ihm etwas seltsam vor in Anbetracht der Tatsache, dass ihr Bruder gerade ermordet worden war. Auch wenn das eher tragisch als spannend war.

»Manchmal finde ich es fast zu spannend«, antwortete er.

Sie drehte sich erneut zu der Voliere um. »Vielleicht liegt es daran, dass ich ein völlig nutzloser Mensch bin, dass ich so denke«, sagte sie und ließ die Finger mit den langen, lackierten Nägeln über das Gitter kratzen, sodass

Therkelsen große Lust hatte, sie anzuschreien, das zu lassen.

»Völlig nutzlos. Die letzten sieben Jahre habe ich auf den Versuch verwandt, ein Kind zu bekommen. Ich war im Krankenhaus, habe Hormone genommen, bin operiert worden und esse, schlafe und liebe nach der Uhr. Falls es jemals gelingen sollte, werde ich das Kind aufgrund der ganzen Mühen bestimmt hassen. Und trotzdem wünsche ich mir noch immer ein Kind. Obwohl ich es kaum wage. Ich werde bald zu alt sein, und bei dem Glück, mit dem meine Wünsche erfüllt werden, bekomme ich bestimmt einen kleinen Idioten.«

Therkelsen atmete tief durch. Sie ist betrunken, konstatierte er. Aber es konnte der Schock über den Tod des Bruders sein, dass sie zu viel getrunken hatte.

»Kennen Sie eine Grete Krag?«, fragte er.

Sie kam zu ihm und setzte sich. »Nein, ich denke nicht. Sollte ich das?«

»Ihr Bruder hat behauptet, dass sie seine Freundin war. Oder genauer gesagt, dass er mit ihr befreundet war.«

»Der Name sagt mir nichts. Ich kenne die Bekannten meines Bruders nicht. Er war ja sehr viel jünger.«

»Er hat zu uns gesagt, dass er vom Flughafen direkt zu Grete Krag gefahren ist. Er hat überhaupt nicht erwähnt, dass er Ihnen einen Besuch abgestattet hat. Warum wohl nicht?«

»Wahrscheinlich wollte er uns nicht mit hineinziehen. Er hat bestimmt gedacht, dass sich das Missverständnis sehr bald aufklären würde.«

»Ja, das wäre eine Möglichkeit«, räumte Therkelsen ein und fuhr fort: »Wie hat er auf Sie gewirkt, als er hier war?«

»Wie meinen Sie das?«

»Machte er einen nervösen Eindruck?«

»Nervös?« Sie schüttelte den Kopf. »Hans Martin war nicht der Typ, der nervös wurde. Warum sollte er nervös gewesen sein?«

»Er könnte sich zum Beispiel bedroht gefühlt haben.«

»Von wem? Mein Bruder hatte keine Feinde.«

»Die muss er aber gehabt haben. Er ist erschossen worden und das sehr professionell.«

Diesmal lächelte sie etwas länger. Spöttisch. »Wie kann man jemanden mehr oder weniger professionell erschießen, Herr Kommissar? Wenn man ein guter Schütze ist, ein professioneller Schütze, trifft man wohl, worauf man zielt. Wenn Sie professionell sagen, klingt das wie aus einem Gangsterfilm und das ist absolut lächerlich. Vielleicht war es doch nicht so professionell, wie Sie glauben. Vielleicht sollte mein Bruder gar nicht umgebracht werden. Er war schließlich nicht der Einzige, der auf der Treppe stand, oder?«

Høyer und Therkelsen trafen sich mit Bach und Larsen um eins in der Kantine.

»Können wir zur Sache kommen oder verdirbt dir das den Appetit?«, fragte Therkelsen, als sie am Tisch saßen und ihre Brote ausgepackt hatten.

»Fang ruhig an«, sagte Høyer. »Dann verlieren wir keine Zeit.«

»Ich habe mit der Schwester gesprochen«, fuhr Therkelsen fort, »und was sie erzählt hat, wirft die Theorie, dass er beschattet wurde und so weiter, über den Haufen.«

»Das verdirbt mir jetzt den Appetit«, sagte Høyer. »Was hat sie erzählt?«

»Dass der Indianer sie an dem fraglichen Abend besucht hat«, sagte Therkelsen und gab eine eindrucksvolle Beschreibung des Besuchs bei Tania Jacobsen. »Schon möglich, dass der Indianer ein Verrückter war«, schloss er. »Aber die Schwester steht ihm in nichts nach. Sie wirkte total verrückt, aber es kann auch sein, dass sie nur einen Schwips hatte.«

»Der ältere Bruder war auch nicht ohne«, sagte Høyer. »Ich habe richtig Gänsehaut bekommen, als er mich mit eiskalten Augen ansah und sagte: ›Ich habe keinen Bruder.‹ Einen Moment kam mir sogar der ungeheuerliche Gedanke, dass da irgendein grotesker Irrtum vorliege. Vielleicht ist es gar nicht so schlecht, wenn die Familie ausstirbt, wie die Schwester sagt. Aber warum zum Teufel hat der Indianer nicht erzählt, dass er seine Schwester besucht hat?«

»Vielleicht weil er die Familie außen vor halten wollte. Das war die Theorie der Schwester.«

»Und die ist vielleicht sogar plausibel«, nickte Høyer. »Wie ist er zu ihr rausgekommen?«

»Das wusste sie nicht«, antwortete Therkelsen. »Darüber hat sie nicht weiter nachgedacht.«

»Darüber denken die Leute nie nach, wenn sie selbst ein Auto haben«, sagte Høyer. »Wenn du erst ein Auto hast, brauchst du nie mehr zu Fuß zu gehen.«

Er lächelte über die verständnislosen Gesichter der anderen. »Aber *wir* müssen darüber nachdenken. Also, wie ist er zu ihr gekommen und wie ist er später zum Kaj Lübkesvej gekommen?«

»Das ist weit«, sagte Larsen. »Er kann nicht zu Fuß gegangen sein und ein Taxi hat er auch nicht genommen. Jedenfalls kann sich niemand erinnern, ihn an dem Abend gefahren zu haben Und wir haben sämtliche Taxifahrer befragt.«

»Vielleicht hat er den Bus genommen?«, schlug Therkelsen vor.

»Den Bus?«, sagte Larsen. »Meinst du den Stadtbus?«

»Ja, Larsen, den Bus«, sagte Høyer. »Es gibt wirklich Menschen, die sich mit diesem bescheidenen Transportmittel begnügen – obwohl ich nicht erwartet hätte, dass der Indianer zu ihnen gehörte. Wann, sagst du, hat er sie verlassen?«

»Gegen zehn«, sagte Therkelsen.

»Dann sah sein Abend demnach folgendermaßen aus: Er kommt mit dem Flieger um 19.20 Uhr an. Vom Flughafen aus nimmt er vermutlich den SAS-Bus in die Stadt und von dort den Bus zu der Schwester raus. Etwa zwei Stunden später fährt er wieder, offensichtlich auch mit dem Bus, und was macht er dann?«

»Nimmt irgendwo einen Drink«, schlug Bach vor.

»Ja, das wäre eine Möglichkeit. Jedenfalls fährt er nicht nach Hause in seine Wohnung in der Innenstadt. Wenn wir das als sicher ansehen können.«

»Das können wir«, sagte Larsen. »Nicht zu hundert, aber zu fünfundneunzig Prozent. Es gibt einen Kiosk in dem Haus und der Inhaber und seine Frau haben den größten Teil des Abends draußen auf der Treppe gesessen. Sie meinen, dass einer von ihnen immer draußen war. Sie schließen um elf.«

»Und das nennt sich rund um die Uhr geöffnet«, sagte Høyer. »Nun gut, dann wissen wir jedenfalls, dass er nicht nach Hause gefahren ist, sondern irgendwo einen Drink genommen hat. Kurz vor elf ruft er – vielleicht – Frau Greve an, die nicht ans Telefon geht, worauf er zu

Grete Krag in den Kaj Lübkesvej fährt. Warum? Selbst wenn er sie gekannt hat ...«

»Das hat er«, unterbrach ihn Bach. »Aber auf sie können wir später zurückkommen.«

»Gut«, fuhr Høyer fort. »Selbst wenn er sie gekannt hat, ist das doch ein etwas sonderbarer Zeitpunkt für einen Besuch, oder?«

»Es deutet zumindest nichts darauf hin, dass er gewusst hat, dass er beschattet wurde«, meinte Larsen.

»Das weiß ich nicht«, sagte Høyer. »Schließlich kann er die Stunde, bevor er zu Grete Krag gefahren ist, darauf verwendet haben, einen eventuellen Verfolger abzuschütteln. Das ist in meinen Augen die einzige Erklärung, warum er erst so spät dort aufgekreuzt ist. Er wagte sich nicht in seine eigene Wohnung und hat deshalb in ihrer Zuflucht gesucht. Aber da muss noch mehr sein. Aus irgendeinem Grund war es wichtig für ihn, Grete Krag zu treffen, sonst hätte er dagegen protestiert, drei Tage eingelocht zu werden. In der Regel war er nicht so zahm.«

Therkelsen räusperte sich und die anderen sahen ihn an.

»Eigentlich ist das ja nur eine Arbeitshypothese«, sagte er, »dass der Indianer in eine große Sache hineingeraten ist und beschattet wurde. In Wirklichkeit haben wir nichts, das diese Theorie untermauert.«

»Verdammt nochmal!«, rief Høyer. »Der Mann wurde schließlich erschossen.«

»Das wurde er«, sagte Therkelsen. »Das will ich auch nicht bestreiten. Aber woher wissen wir, dass der Mörder es auf ihn abgesehen hatte?«

»Was?«, sagte Høyer.

»Wie meinst du das?«, fragte Bach.

»Also, eigentlich hat mich die verrückte Schwester auf die Idee gebracht«, räumte Therkelsen ein. »Aber nachdem ich eine Weile darüber nachgedacht habe, weiß ich nicht … vielleicht ist es doch nicht so unwahrscheinlich. Sie hat gemeint, dass er aus Versehen erschossen wurde. Dass der Mörder es auf einen anderen abgesehen hatte.«

»Jetzt hör aber auf!«, protestierte Høyer. »Das verrückte Frauenzimmer muss dich angesteckt haben. Wer hätte das denn sein sollen? Kannst du mir das sagen? An dem Vormittag sind keine anderen Fälle vor Gericht verhandelt worden. Und zu besagtem Zeitpunkt war niemand anderer in der Nähe außer dem Indianer und dem Beamten. Und den meinst du doch wohl nicht.«

Therkelsen schüttelte den Kopf.

»Das stimmt so nicht«, sagte er. »Du warst da, Høyer.«

Ein paar Sekunden war es vollkommen still um den Tisch. Dann brauste Høyer auf. »Ich?«, rief er und starrte Therkelsen ungläubig an. »Du willst doch nicht sagen, dass in Wirklichkeit ich …? Du musst verrückt sein! Das ist ein absolut verrückter Gedanke.«

»Ist es das?«, fragte Therkelsen.

Høyer lachte. »Ja, ich weiß zwar, dass es dich manchmal in den Fingern juckt, aber trotzdem.«

Therkelsen lächelte nicht. »Ich meine das ernst«, sagte er.

Bach und Larsen sahen ihn an. Ihre Mienen drückten Skepsis aus.

»Mir kommt der Gedanke, ehrlich gesagt, auch ein bisschen … absurd vor«, sagte Bach.

»Natürlich tut er das«, räumte Therkelsen ein. »Das ging mir zunächst genauso. Aber ich habe ihn mir gründlich durch den Kopf gehen lassen und glaube nicht mehr, dass er so absurd ist. Es war nur natürlich, zunächst einmal davon auszugehen, dass der Indianer das Opfer sein sollte.«

»Warum auch nicht«, sagte Høyer. »Er ist schließlich erschossen worden.«

»Ja«, fuhr Therkelsen unbeirrt fort. »Aber selbst bei näherem Nachdenken ist ein Motiv nur schwer auszumachen. Okay, wir haben eine Hypothese, aber das ist nur eine Hypothese und die hat obendrein eine ganze Menge Schwächen. Der Typ hatte bisher nie etwas mit Drogen zu tun ...«

»Was er oft genug betont hat«, brummte Høyer.

»... und er hat immer alleine gearbeitet. Er hat sich nie mit jemandem zusammengetan, mit dem er gesessen hat. Er war nur ein Kleinkrimineller, ein Einbrecher.«

»Der mitunter hunderttausende von Kronen gestohlen hat, aber auch das ist relativ.« Wieder wurde er von Høyer unterbrochen.

Therkelsen ignorierte die Unterbrechung. »Im Grunde wäre er nicht die Spur interessant, käme er nicht aus einer wohlhabenden Familie. Das machte ihn zu jemand Besonderem; als Verbrecher war er vollkommen uninteressant, nicht?«

»Worauf willst du eigentlich hinaus?«, fragte Larsen.

»Seht ihr das denn nicht?«, sagte Therkelsen. »Mir erscheint das ganz einleuchtend. Wäre nicht der Indianer, sondern ein anderer, der auf die gleiche Weise zu arbeiten pflegt wie er, erschossen worden, hätten wir uns ziemlich über den Mord gewundert. Wir hätten nicht gleich an Drogengeschäfte und Ähnliches gedacht. Entweder hätten wir nach einem persönlichen Motiv gesucht oder wir wären gleich davon ausgegangen, dass es sich um einen Irrtum handelte.«

»Ich könnte der Irrtumstheorie zustimmen, wenn wir annähmen, dass man ihn mit einem anderen Kriminellen verwechselt hat«, sagte Larsen. »Aber Høyer? Ist das nicht ein bisschen weit hergeholt? Warum glaubst du, dass der Mörder es auf Høyer abgesehen hatte?«

»Weil sie einander ähnlich sahen«, sagte Therkelsen. »Ich habe sie neulich selbst fast verwechselt.«

»Von hinten, von Weitem und in einem dunklen Flur«, warf Høyer ein, der Kringel auf seine Serviette malte.

»Versucht mal, euch die Situation vor Augen zu führen, wie Høyer selbst sie beschrieben hat. Der Typ mit dem Gewehr sitzt oben im Fenster und wartet. Er sieht in die Sonne. Endlich geht die Tür auf und heraus tritt Høyer in seinem schwarzen Hemd. Aus dem Ausverkauf. Der Typ legt an und in dem Augenblick dreht Høyer sich um und geht wieder hinein, weil er seine Aktenmappe vergessen hat. Einen Moment später kommt ein Beamter heraus und gleich darauf ein Mann in einem schwarzen Hemd von fast gleicher Größe und Gestalt wie Høyer. Das Gesicht kann er wegen der Sonne nicht genau sehen. Er ist überzeugt, dass das sein Mann ist, drückt ab und PENG! Da liegt der Indianer. Aber in Wirklichkeit hätte Høyer dort liegen sollen.«

»Das ist die lächerlichste Theorie, die ich je gehört habe«, fuhr ihn Høyer gereizt an. »Wer war er und was hatte er für ein Motiv? Das weißt du vielleicht auch?«

»Nein«, räumte Therkelsen ein. »Noch nicht.«

»Tja«, seufzte Bach nachdenklich.

»Du willst doch nicht behaupten, dass du an den Unsinn glaubst?«, fragte Høyer ärgerlich.

»Die Theorie ist vielleicht eine Überlegung wert«, meinte Bach. »Mit einigem, was er über den Indianer gesagt hat, hat Therkelsen Recht und es wäre schon vorstellbar, dass du dir im Lauf der Zeit ein paar Feinde eingehandelt hast.«

»Natürlich«, sagte Høyer. »Das haben wir alle. Aber nicht von dem Kaliber. Wir sind nicht in den USA, Leute.«

»Dir gefällt einfach der Gedanke nicht«, sagte Therkelsen. »Deshalb willst du nicht darüber nachdenken.«

»Wenn ich ihn als realistisch ansehen würde, würde ich darüber nachdenken, ob er mir gefällt oder nicht«, sagte Høyer. »Aber kannst du mir auch nur einen nennen, von dem du dir vorstellen kannst, dass er so weit gehen würde?«

Therkelsen zog kräftig an seiner Pfeife, dann sah er Høyer an. »Ja, ich kann dir sogar drei nennen.«

»Drei?« Høyer klang überrascht. »Wen?«

»Ich käme bestimmt auf noch mehr, aber die drei fallen mir spontan ein. Und zwar der Otter, Tryne-Bent und Kim René. Seinen Nachnamen habe ich vergessen.«

Eine Weile war es still am Tisch, während alle in Gedanken die drei Möglichkeiten durchgingen.

»Hmm«, murmelte Høyer schließlich, ohne von seinen Kritzeleien aufzusehen.

Die anderen sahen ihn abwartend an.

Endlich blickte er auf.

Es dauerte eine Weile, bevor er etwas sagte, aber dann schüttelte er den Kopf.

»Nein«, sagte er laut. »Nein, das kaufe ich dir nicht ab. Ich bin mit euch einig, dass wir die Sache von allen Seiten beleuchten müssen, und denke auch, dass wir alle Ideen, gleichgültig wie abwegig sie sind, durchsprechen sollten, aber sie können sich auch als unsinnig erweisen und diese Theorie ist meiner Meinung nach einfach zu fantastisch.«

»Lasst hören, lasst hören!«, sagte eine Stimme neben ihnen. »Welche Theorie haltet ihr für zu fantastisch?«

Die Stimme gehörte dem Bengnaveren, dem *Bonzen*, wie er genannt wurde, einem der lokalen Journalisten. Der Spitzname war nicht herabsetzend gemeint, denn der Bengnaveren war ein sehr tüchtiger Journalist, was nicht unmittelbar ins Auge stach, wenn man seine plumpe Gestalt und das teigige Gesicht sah. Hinter seiner scheinbaren Trägheit versteckten sich ein scharfer Verstand und eine blitzschnelle Kombinationsfähigkeit, sodass es ihm immer wieder gelang, eine fundierte Story aus den wenigen Brocken zu schreiben, die man ihm hinwarf.

»Nichts«, sagte Therkelsen vorsichtig.

»Nur dass einige meinen, man könnte mich leicht mit einem Mann verwechseln, der zehn Jahre jünger und zehn Kilo leichter war«, lachte Høyer.

»Bei beidem kannst du ruhig noch fünf hinzuzählen«, warf Therkelsen giftig ein.

Die Augen des Bengnaveren begannen zu glänzen. »Das klingt doch ganz nach einer guten Story«, sagte er.

»Überhaupt nicht«, sagte Høyer, indem er aufstand. »Überhaupt nicht. Im Übrigen verstehe ich nicht, wie du in die Kantine gekommen bist. Sei froh, dass du jetzt auftauchst, wo unsere lukullische Mahlzeit uns gnädiger stimmt und wir uns damit begnügen zu sagen: Hau ab! Es gibt nichts Neues. Wir verfolgen mehrere viel versprechende Spuren und so weiter. Dasselbe wie heute Morgen.«

»Nun gut, dann begnüge ich mich damit«, sagte der Bengnaveren ungewöhnlich zahm und latschte genauso leise Richtung Tür, wie er gekommen war.

Bach sah verstohlen zu Høyer hinüber, der dem Journalisten mit einem unergründlichen Gesichtsausdruck hinterhersah. Es sah Høyer sonst nicht ähnlich, so geschwätzig zu sein. Und so aufgesetzt gut gelaunt.

Und plötzlich begriff Bach.

Er glaubt es selbst! Høyer glaubt selbst, dass er hätte ermordet werden sollen!

5

»Also, Bach«, sagte Høyer, als sie sich erneut zu einer kurzen Besprechung der nachmittäglichen Arbeit in seinem Büro versammelt hatten. »Bevor wir weitermachen, wäre es zweckdienlich zu hören, was du über die geheimnisvolle Dame, die Freundin des Indianers, herausgefunden hast. Du hast das Wort. Wir anderen werden dir gebannt lauschen.«

Er lehnte sich gemütlich im Stuhl zurück. »Cherchez la femme!«

»Das war Französisch«, sagte Therkelsen. »Auch wenn ihm das kein Franzose abnehmen würde.«

Høyer streckte die Hand in seine Richtung aus: »Ruhe!«, sagte er.

»Habe ich nun das Wort oder nicht?«, fragte Bach. Und als niemand antwortete, fuhr er fort: »Also, die geheimnisvolle Dame ist bedauerlicherweise nicht die Spur geheimnisvoll. Ich habe alles über sie ausgegraben, von der Wiege an. Es gibt keine weißen Flecken und schwarze schon gar nicht. Wenn es überhaupt eine Frau im Leben des Indianers gegeben hat, war sie das mit Sicherheit nicht. Zumindest nicht in dem Sinne.«

»Man kann nie wissen«, sagte Therkelsen. »Stille Wasser sind tief.«

»Das glaube ich nicht«, sagte Bach. »Aber wie wäre es, wenn ihr euch erst einmal die *facts* anhört, die ich herausgefunden habe. Dann könnt ihr euch anschließend darüber Gedanken machen, okay? Grete Krag, einunddreißig Jahre, hier in der Stadt geboren und aufgewachsen,

Tochter des Oberstudienrats Krag und seiner Ehefrau. Frau Krag geht keiner Arbeit nach.«

»Sie ist Hausfrau, sie arbeitet zu Hause, bitte schön!«, unterbrach ihn Therkelsen.

»Ja, da hast du Recht, sie haben fünf Kinder. Grete ist die Älteste. Sie ist mit sieben in die Schule gekommen und hat auf direktem Weg Abitur gemacht, übrigens mit einer sehr guten Note; da war sie neunzehn. Außerdem wurde sie zur beliebtesten Mitschülerin gewählt. Nach dem Abitur war sie erst ein halbes Jahr in einem Kibbuz und hat dann ein halbes Jahr in einer Gärtnerei hier in der Stadt gearbeitet. Anschließend hat sie in Århus Jura studiert, das hat sieben Jahre gedauert, wahrscheinlich weil sie nebenher gejobbt hat, teils als Putzfrau im Gemeindekrankenhaus, teils als Verkäuferin in einem Blumengeschäft. Sie hat ihr Staatsexamen mit Eins gemacht und anschließend ein Jahr bei einem Rechtsanwalt gearbeitet, bevor sie als Assessorin am hiesigen Nachlassgericht angestellt wurde. Sie ist Mitglied der St. Georgsgilde und bei Amnesty International, aktiv, meine ich, geht dreimal die Woche morgens schwimmen und einmal die Woche abends Badminton spielen. Sie ist weder verheiratet noch verlobt, hat aber Freunde und Bekannte beiderlei Geschlechts.«

»Ach du meine Güte«, sagte Therkelsen und gähnte. »Ich hoffe, sie ist nicht ganz so langweilig, wie sich das anhört.«

»Sie spielt übrigens auch noch Violine«, fügte Bach hinzu.

»Macht es das besser?«, fragte Therkelsen.

»Er ist neidisch«, sagte Høyer erklärend. »Er wünscht sich, dass seine Kinder so wären.«

»Nein, neidisch *war* er«, sagte Høyer. »Ich habe gerade meine Meinung geändert. Ist sie lesbisch?«

»Nicht soweit ich in Erfahrung bringen konnte«, sagte Bach.

»Dann ist sie es auch nicht«, entschied Høyer. »Aber wo ist die Verbindung zwischen ihr und dem Indianer? Darüber bist du elegant hinweggegangen.«

»Nein, bin ich nicht. Sie war eigentlich immer da. Sie sind zusammen zur Schule gegangen. Vom ersten Schultag an. Sie haben Badminton zusammen gespielt, als sie älter wurden, und sie waren beide im Schulorchester.«

»Sind sie während der Schulzeit miteinander gegangen?«, fragte Larsen.

»Nein sagen die, die Bescheid wissen. Sie waren nur Freunde. Und sie hat ihn später, als er kriminell wurde, nicht hängen lassen.«

»Das hätte mich auch gewundert«, sagte Høyer.

»Aber in den letzten Jahren haben sie sich dem Lauf der Dinge entsprechend nicht oft gesehen«, sagte Bach. »Erst hat er ein paar Jahre gesessen und danach ist er in die Schweiz gegangen. Das erklärt auch, warum die alte Dame seine Stimme nicht kannte.«

»Ja, aber das erklärt nicht, warum er Grete Krag mitten in der Nacht einen Besuch abstatten musste«, sagte Høyer. »Das ist und bleibt das große Rätsel bei der ganzen Geschichte. Wie das Wetter in Frankreich wohl sein mag?«

»Bestens!«, sagte Larsen. »Genauso schön wie hier. Warum?«

»Dann können wir nicht einmal hoffen, dass sie vorzeitig nach Hause kommt«, seufzte Høyer. »Ich würde mich verdammt gerne mit ihr unterhalten. Ich bin überzeugt, dass sie uns einiges erzählen kann.«

Therkelsen lachte. »Ja, wie man Kreuzknoten bindet und Zopfbrot backt. Meiner Meinung nach solltest du dir nicht zu viel davon versprechen.«

»Vielleicht nicht …«, sagte Høyer. »Aber trotzdem. Mein Gefühl sagt mir, dass …«

Er beendete den Satz nicht, sondern sah nachdenklich vor sich hin.

»Das war's«, sagte Bach.

»Ja«, Høyer legte beide Hände flach auf den Schreibtisch. »Gut, Bach. Du und Larsen macht weiter mit den Protokollen, vielleicht verbirgt sich da irgendeine Information, und du, Therkelsen, gehst seinen Aktenkoffer gründlich durch. Schneid ihn auf, falls nötig. Anschließend kannst du ins Krankenhaus fahren und dir seine Sachen geben lassen. Und versichere dich, dass sie nichts übersehen haben. Wir brauchen alles, bis auf das Zahngold.«

»Du meinst rektal …«

»Alles, ja.«

Bach und Larsen standen auf und verschwanden den Gang hinunter, während Therkelsen zur Tür zu seinem Büro ging.

Er blieb einen Moment mit der Hand auf der Türklinke stehen und sah Høyer argwöhnisch an.

»Und was gedenkst du zu tun, während wir anderen schuften?«

Høyer lachte. »Therkelsen, hast du noch nie gehört, dass es die vornehmste Aufgabe eines Chefs ist, die Arbeit zu delegieren? Das habe ich somit getan, jetzt werde ich mich in die Kneipe begeben.«

»Ich *habe* davon gehört«, sagte Therkelsen. »Diesen Grundsatz kann nur ein fauler Chef aufgestellt haben.«

»Ich sage dir, was ich zu tun gedenke. Ich werde dem *Dosenpalast* einen Besuch abstatten.«

»Dem Dogenpalast?«, Therkelsen sah ihn verständnislos an.

»Nicht Dogen, Dosen! Therkelsen, irgendwas ist mit deinem Gehör nicht in Ordnung. Das liegt bestimmt an der Musik deiner Kinder. Du hast allmählich einen Hörschaden. Hast du noch nie von dem *Dosenpalast* gehört? Das ist das Haus, in dem der Indianer eine Wohnung hat. Es sind lauter Zweizimmerwohnungen ohne Küche, nur mit einer Kochnische, deshalb sagt man, dass die Leute, die dort wohnen, sich ausschließlich aus Dosen ernähren. Kapiert?«

»Davon habe ich noch nie gehört!«

»Na schön, aber da gehört dem Indianer jedenfalls eine Wohnung und ich halte es für eine gute Idee, sie sich einmal gründlich anzusehen. Vielleicht finde ich irgendetwas, was uns Aufschluss darüber gibt, worauf er sich eingelassen hat.«

»Du hältst also daran fest«, bemerkte Therkelsen.

Høyer nickte. »Ja, jedenfalls bis wir eine bessere Idee haben.«

Es klopfte an der Tür und Bach steckte seinen Kopf hinein.

»Eins habe ich vergessen zu erwähnen. Es hat nichts mit Grete Krag zu tun und ist wahrscheinlich absolut unwichtig. Aber es sagt uns zumindest etwas über den Indianer. Die Geschichte, die er dir von dem Bruder erzählt hat, ist die reinste Erfindung. Sein Bruder hat nie eine Baufirma besessen oder, was das angeht, irgendeine andere Firma, in der es zu Zahlungseinstellungen gekommen ist.«

»Er hat nie eine Baufirma besessen?«

»Genau«, sagte Bach. »Er hat doch von dem Bruder gesprochen, oder?«

»Ja, warum?«

»Weil die Geschichte besser auf den Schwager passen würde. Er muss das irgendwie in den falschen Hals gekriegt haben.«

»Das glaube ich nicht«, sagte Høyer. »Das glaube ich nicht.«

Er war sicher, dass alles, was der Indianer hier in seinem Büro gesagt hatte, eine Bedeutung hatte. Er wusste nur noch nicht welche.

Sobald Høyer gegangen war, ging Therkelsen in Bachs und Larsens Büro.

»Was meint ihr?«, fragte er, sobald er durch die Tür war.

»Zu der Verwechslungstheorie?«, fragte Bach.

»Ja«, sagte Therkelsen.

»Høyer meint jedenfalls definitiv, dass du zu viele amerikanische Krimis gesehen hast«, sagte Larsen.

»Ich habe nicht danach gefragt, was Høyer meint, ich habe nach eurer Meinung gefragt«, wandte Therkelsen leicht verärgert ein.

»Ich weiß im Übrigen nicht, ob er sich so sicher ist, wie er tut«, sagte Bach. »Es klingt vielleicht merkwürdig, aber ich glaube fast, dass eine Art Bescheidenheit dahintersteckt.«

»Bescheidenheit?« Therkelsen sah ihn fragend an. »Wie meinst du das?«

»Ich habe das Gefühl, er will nicht den Eindruck entstehen lassen, dass er sich zu wichtig nimmt. Indem er der Theorie nachgeht und sich selbst zur Hauptperson macht.«

Therkelsen dachte kurz über das Gesagte nach, dann schüttelte er den Kopf. »Ich meine eher, dass er sich nicht in der Rolle des Opfers sehen kann oder will. Aber was meinst du?«

»Ich finde, wir sollten die Theorie nicht von der Hand weisen. Vor allem aus einem Grund.«

Therkelsen nickte. »Genau. Wenn er es wirklich auf Høyer abgesehen hatte, ist es möglich, dass er es noch einmal versucht. Daran denkst du doch, oder?«

»Ja.«

Larsen räusperte sich. »Auf eine Frage hätte ich gerne eine Antwort«, sagte er. »Woher wusste der Typ, dass Høyer zu dieser Zeit an diesem Ort war. Ich weiß natürlich, dass wir uns dieselbe Frage stellen können, was den Indianer angeht, aber darauf ließe sich eine plausible Antwort finden. Was Høyer betrifft, finde ich das schon schwieriger.«

»Warum?«, fragte Therkelsen.

»Weil er Høyer nicht beschattet haben kann. Er wurde bereits gegen Mittag im Treppenhaus des Gebäudes gesehen.«

»Falls er es war«, sagte Therkelsen. »Und wer sagt, dass er zum ersten Mal dort gewartet hat. Er kann Tage dort verbracht haben. Er wusste, dass Høyer früher oder später auftauchen würde.«

»Mag sein«, sagte Larsen, aber er wirkte noch immer skeptisch.

»Gehen wir mal einen Augenblick davon aus, dass die Theorie stimmt«, schlug Therkelsen vor. »Was haltet ihr dann von den drei Typen, die ich aufgezählt habe?«

»Auf die würde ich auch unmittelbar tippen«, sagte Bach. »Ich würde sie allerdings in einer anderen Reihenfolge nennen. Den Otter an letzter Stelle.«

»Die Reihenfolge war zufällig«, sagte Therkelsen. »Die hatte nichts mit einer Prioritätensetzung zu tun. Warum würdest du den Otter übrigens an letzter Stelle nennen? Als er das letzte Mal gefasst wurde, hat er Høyer versprochen, ihn eines schönen Tages umzulegen.«

»Das hat er jedes Mal«, antwortete Bach. »Ich traue ihm das nicht zu. Von Tryne-Bent könnte ich das schon eher glauben. Er hat bei seiner letzten Festnahme einen Beamten angeschossen und er hat geschossen, um zu treffen. Außerdem hat er vor Gericht behauptet, Høyer habe das Beweismaterial manipuliert, um ihm ein paar ungeklärte Überfälle anzuhängen. Natürlich wusste er, dass das gelogen war, aber ich könnte mir vorstellen, dass er es inzwischen so oft gesagt hat, dass er selbst daran glaubt. Er könnte es gewesen sein.«

»Und dann haben wir noch Kim René. Ihn würdest du ganz oben auf die Liste setzen?« Therkelsen sah Bach an.

»Ja, aber ohne es richtig begründen zu können. Eigentlich weiß ich nicht mehr über den Typen als das, was wir damals in Erfahrung gebracht haben.«

»Ich kenne ihn gar nicht«, sagte Larsen.

»Stimmt, das war vor deiner Zeit«, sagte Bach. »Vor deiner Zeit hier. Das war eine beschissene Sache, aber davon gibt es ja viele. Kim René war der Anführer einer seeländischen Rockerbande, die seinerzeit Jütland unsicher gemacht hat. Das muss ungefähr fünf Jahre her sein, nicht, Therkelsen?«

»Ja, das dürfte hinkommen.«

»In ihrem Kielwasser gab es natürlich jede Menge Gewalttaten und Einbrüche in Cafeterien, aber das Schlimmste war ein Überfall auf ein junges Paar auf einem Campingplatz hier oben. Der Junge wurde niedergeschlagen und gegen den Kopf getreten, sodass er schlimme Schädelverletzungen erlitt, und das Mädchen von mehreren aus der Bande vergewaltigt und auf verschiedene Arten misshandelt.«

»Und Kim René wurde dafür verurteilt«, sagte Therkelsen. »Sie hatten wohl damit gerechnet, alle freigesprochen zu werden, weil es fast unmöglich war zu sagen, wer was getan hatte, aber Høyer konzentrierte sich auf den Mann statt auf den Ball, wenn ich das so sagen darf, und hatte Erfolg damit.«

»Das heißt, dass er Høyer bestimmt nicht in sein Abendgebet einschließt«, warf Bach ein. »Für ihn ist es Høyers Schuld, dass er vier Jahre bekommen hat. Aber das stimmt nicht, denn wenn es nach Høyer gegangen wäre, hätte er doppelt so lange bekommen.«

»Das war das eine«, sagte Therkelsen. »Aber ich glaube auch, dass er es als besondere Demütigung empfunden hat, von so einem Landei von Bullen verhaftet zu werden. Außerdem kommt er aus einem Milieu, wo es ihm einen Heiligenschein verleihen würde, einen Bullen umgelegt zu haben.«

»Auf ihn würde ich jedenfalls am ehesten tippen«, sagte Bach. »Aber es kann natürlich noch andere geben.«

»Aber ihr stimmt mir zu, dass wir auch diesem Aspekt Beachtung schenken sollten?«

»Ja, das finde ich schon«, sagte Bach. »Allein um auf Nummer sicher zu gehen.«

Larsen nickte.

»Ich glaube, der Otter wohnt immer noch in seiner alten Wohnung«, sagte Therkelsen. »Ich schaue mal vorbei, wenn ich vom Krankenhaus komme. Aber ich habe keine Ahnung, wo die anderen beiden sich aufhalten. Versucht ihr, das herauszufinden?«

»Ja, natürlich«, sagte Bach.

»Gut«, sagte Therkelsen und ging Richtung Tür. Dann fiel ihm etwas ein. »Ach übrigens …«, fing er an.

»Wir sollten das Høyer gegenüber nicht erwähnen. Das ist schon klar«, lachte Bach.

Der *Dosenpalast* lag im nördlichen Teil der Stadt mit Aussicht über den Fjord. Bei den Einwohnern des siebenstöckigen Prestigebaus handelte es sich fast ausschließlich um ältere Witwen der höheren Einkommensschicht oder gut situierte Singles beiderlei Geschlechts, vorzugsweise Freiberufler. Kinder gab es scheinbar nicht in dem Haus, das gepflegt und gut in Schuss war. Keine Graffiti, keine Kinderwagen, nichts, das die Vision des Architekten von einem perfekten Menschensilo zerstören könnte. Høyer schauderte.

Er nahm den Fahrstuhl in die siebte Etage, stieg in dem offenen, vom Wind umsausten Laubengang aus und holte die Schlüssel zu der Wohnung des Indianers aus der Tasche. Er steckte versuchsweise einen ins Schloss und wollte ihn herumdrehen – erfolglos. Er zog ihn wieder heraus und nahm sich den nächsten vor. Bevor er ihn ausprobieren konnte, ging die Tür gegenüber auf und ein junges Mädchen steckte ihm ihren verschlafenen Kopf entgegen.

»Wer zum Teufel sind Sie?«, fragte sie und starrte ihn misstrauisch an. »Da werden Sie niemanden antreffen. Der Wohnungsinhaber ist tot.«

»Ja, das weiß ich«, sagte Høyer und stellte sich vor. »Kennen, oder besser gesagt, kannten Sie ihn?«

»Ja und nein, kennen ist zu viel gesagt. Er war fast nie da. Die meiste Zeit wohnte er in der Schweiz. Aber wir haben miteinander geredet, wenn wir uns zufällig begegnet sind. Und ich habe die ganze Reklame und den Mist weggeworfen, der auf seiner Fußmatte landete. Er hatte ja keinen Briefeinwurf. Nur den kleinen Briefkasten neben der Tür«, sagte sie und zeigte darauf. »Das war Absicht. Er wollte den ganzen Scheiß nicht haben, hat er gesagt.« Sie lachte. »Ich habe mein Interesse angemeldet, falls er auch jemanden finden würde, der die Rechnungen aussortiert.«

»Wann haben Sie ihn zuletzt gesehen?«

»Das ist verdammt lange her«, sagte sie und gähnte. »Entschuldigung, aber Sie haben mich geweckt und ich bin noch nicht richtig da.«

»Dann muss ich mich wohl entschuldigen«, meinte Høyer.

Arbeitslos, schätzte er. Eine von denen, die keine Arbeit hatten, für die sie aufstehen mussten. Woher hatte sie nur das Geld, hier zu wohnen?

»Ach Unsinn«, sagte sie. »Sie haben mir einen Gefallen getan, denn eigentlich ist es schade, bei dem Wetter zu schlafen, nicht wahr? Wissen Sie was, es kommt mir ein bisschen blöd vor, hier zwischen Tür und Angel zu stehen, aber ich bin noch nicht angezogen. Wenn Sie ohnehin in seine Wohnung wollen, können Sie das ja machen, während ich mich anziehe. Ich kann besser denken, wenn ich etwas kaltes Wasser ins Gesicht bekommen und einen Kaffee getrunken habe. Wollen Sie vielleicht eine Tasse mittrinken?«

»Ja danke«, sagte Høyer. »Das ist eine gute Idee.«

»Dann machen wir das. In zehn Minuten ist der Kaffee fertig.«

»Das bin ich wohl nicht«, meinte Høyer.

Sie lachte. »Ach, mit der Wohnung sind Sie schnell durch«, sagte sie. »Kommen Sie einfach rein, wenn Sie fertig sind, okay? Ich lasse die Tür offen.«

Der Kopf verschwand und Høyer machte sich wieder an das Schloss. Diesmal war es der richtige Schlüssel. Er öffnete die Tür und trat in eine stockdunkle Diele. Er tastete sich vor und fand direkt hinter der Tür einen Schalter, drückte darauf und war über das grelle Licht überrascht. Der Indianer hatte offenbar kein Geld auf eine Lampe verschwendet, eine nackte Birne baumelte an einem Kabel. Høyer zuckte mit den Schultern und sah sich um.

Die Diele war leer, abgesehen von einem einzigen Bügel, der an einem Haken hing; zwei Türen, von denen jede in einen Raum führte, waren angelehnt. Høyer schob eine der beiden auf und blickte sich um. Das Badezimmer. Er trat vorsichtig ein. Es war offensichtlich, dass das Bad lange Zeit nicht benutzt worden war, überall lag dicker Staub. Die Toilettenbrille war hochgeklappt und das Wasser hatte einen bläulichen Schimmer, als wäre ein Desinfektionsmittel zugefügt worden. Er öffnete den Badezimmerschrank. Rasierapparat, Rasierschaum und Rasierwasser, ein Glas mit Zahnbürste und Zahnpasta, das war alles. Hier war eindeutig nichts versteckt. Er schloss den Schrank wieder und sah sich den Spülkasten genauer an, trat näher, beugte sich vor und untersuchte ihn. Er stieß einen langen Pfiff aus, als er auf jeder Seite der Abdeckung zwei verwischte Flecken im Staub sah.

Offenbar hatte jemand vor nicht allzu langer Zeit den Spülkastendeckel entfernt, aber wer?

Høyer ging zurück in die Diele und öffnete die Tür zum Wohnzimmer. Das Mädchen hatte Recht, die Wohnung war leicht zu überschauen.

Das Zimmer war groß und hell mit weißen Wänden und einem hellen Boden. Es gab eine teure Ledercouch, einen niedrigen Tisch und zwei bequeme Stühle. Sonst nichts. Überhaupt nichts. Keine Bilder, keine Teppiche, keine Lampen. Der Raum erinnerte an eine Gefängniszelle, dachte Høyer. War der Indianer wirklich so asketisch gewesen?

Er öffnete die Tür zu der Kochnische. Hier gab es eine Kaffeemaschine, eine Schachtel mit Filtertüten und eine Dose mit Kaffee. Keine Lebensmittel und kein Geschirr, von ein paar Tassen abgesehen. Høyer schüttelte den Kopf. Was um alles in der Welt hatte den Mann bewogen, diese Wohnung zu behalten, wenn er genauso gut im Hotel hätte wohnen können?

Er hoffte, dass das Schlafzimmer interessanter war.

Und das war es.

Høyer blieb einen Moment in der Tür stehen und sah sich verblüfft um.

Mitten im Zimmer stand ein schwarzer Flügel. Das war, von einem Einbauschrank abgesehen, alles. Er legte den Kopf auf die Seite und betrachtete die Oberfläche des Flügels. Ja, genau das hatte er erwartet. Auch hier fanden sich Abdrücke in der Staubschicht. Später würde er die Wohnung von den Technikern durchkämmen lassen, auch wenn sie vermutlich nichts finden würden.

Es widerstrebte ihm, in den Einbauschrank zu sehen, aber um seines Seelenfriedens willen tat er es trotzdem, fand jedoch nur Bettzeug, Bettwäsche und einen Satz neuer Unterwäsche.

Er schloss den Schrank wieder und sah auf die Uhr. Das Ganze hatte knapp zehn Minuten gedauert und er hätte einen Eid darauf geschworen, dass in dieser Wohnung nichts zu finden war. Er war ein wenig enttäuscht. Er wusste nicht, was er zu finden erwartet hatte, aber jedenfalls nicht so ausgeprägt *nichts.*

Er verließ die Wohnung und knallte die Tür hinter sich zu. Ein verheißungsvoller Duft nach frischem Kaffee strömte aus der Wohnung gegenüber. Er drückte kurz auf die Klingel, um seine Ankunft anzukündigen, bevor er eintrat.

Das Mädchen kam in die Diele und Høyer sah sie neugierig an, als sie jetzt in ihrer ganzen Größe vor ihm stand. Sie war größer, als er gedacht hatte. Ein großes, fülliges Mädchen mit langen, blonden Haaren und Grübchen. Ein Milchmädchen, dachte er. Genau so mussten früher die Milchmädchen ausgesehen haben. Der Eindruck wurde durch die weiße Latzhose, die sie trug, noch verstärkt.

»Der Kaffee ist fertig«, sagte sie und ging ins Wohnzimmer voraus.

Die Wohnung war eine spiegelverkehrte Kopie der Wohnung des Indianers, nur dass man sich hier fast zwischen den Möbeln hindurchzwängen musste.

Sie bot Høyer einen Stuhl an und setzte sich selbst auf das Sofa ihm gegenüber. Ihm fiel auf, dass sie sich Zeit genommen hatte, Augen-Make-up aufzulegen.

Sie goss ihnen beiden Kaffee ein. »Milch und Zucker?«, fragte sie.

Høyer schüttelte den Kopf. Es standen weder Milch

noch Zucker auf dem Tisch und außerdem sollte er sich besser zurückhalten.

»Jetzt bin ich etwas wacher«, lächelte sie. »Wissen Sie, ich bin erst um sechs Uhr ins Bett gekommen und eigentlich brauche ich acht Stunden, um zu funktionieren.«

»Was machen Sie?«, fragte Høyer.

»Ich bin Hebamme«, sagte sie.

Høyer blickte auf ihre langen, roten Nägel. »Hebamme?« Sein Tonfall war skeptisch.

Sie lachte. »Ja, ich helfe Räuschen auf die Welt! Also, ich bin Barkeeperin und ich mag meine Arbeit. Auch wenn es Nachtarbeit ist. Nur bei so einem Wetter wäre ich lieber Gärtnerin. Aber was soll's, ich habe den Tag schließlich schon begrüßt, als er noch jung war. Ich bin heute Morgen eine große Runde gelaufen und da war es zumindest noch nicht so brütend heiß.«

»Gelaufen?«, fragte Høyer verblüfft.

»Ja, erstaunt Sie das? Im Sommerhalbjahr laufe ich jeden Morgen. Um mich durchpusten zu lassen. Im Winter begnüge ich mich mit einem kleinen Gang, bevor ich abends zur Arbeit gehe. Aber Sie wollten nicht über mich reden, stimmt's? Sondern über Martin. Wie finden Sie seine Wohnung? Verrückt, nicht? Ich habe ihn gefragt, ob er in dem Flügel schläft. Falls Sie sich gewundert haben, dass es keinen Klavierstuhl gibt, der steht hier.« Sie zeigte darauf. »Ich habe ihn mir an einem Abend geliehen, als ich Gäste hatte, und seitdem ist Martin nicht mehr hier gewesen. Nicht lange genug jedenfalls, dass ich ihn zurückbringen konnte.«

»Und wann genau haben Sie ihn sich geliehen?«

»Das war an meinem Geburtstag und der ist genau sechs Wochen her. Da war Martin hier. Aber er stand schon in der Tür, als ich rüberging, um den Stuhl zu leihen, sodass wir nicht miteinander gesprochen haben.«

»Hat er überhaupt gespielt?«

»Auf dem Flügel? O ja, er konnte stundenlang spielen. Wegen des Flügels hat er die Wohnung behalten, hat er gesagt. Sonst hätte er ja ebenso gut in ein Hotel ziehen können. Er meinte, dass es so umständlich sei, sich jedes Mal einen Flügel zu leihen, wenn man Lust habe zu spielen. Aber jetzt hat er sie doch verkauft.«

»Was hat er?«, fragte Høyer.

»Die Wohnung verkauft«, sagte sie. »Das hat er mir das letzte Mal, als wir uns gesehen haben, erzählt. Das war noch vor der Sache mit dem Stuhl. Er hat sie an irgendeinen Pressefotografen verkauft, der gerade seine Scheidung hinter sich hat. Er wird die Wohnung am Ersten übernehmen.«

»Was Sie nicht sagen.«

»Ja, fast als hätte er gewusst, dass er sie nicht mehr brauchen würde«, sagte sie. »Schade, dass er so sterben musste, und noch dazu so jung. Ich weiß, dass er früher ein bisschen … wie soll ich sagen, ein bisschen zwielichtig war …, und wahrscheinlich ist er wohl wieder in etwas hineingeraten.«

»Tja«, sagte Høyer unverbindlich.

»Ich mochte ihn«, fuhr sie fort. »Er war ungeheuer charmant, aber trotzdem … da war immer ein gewisser Abstand, verstehen Sie? Er ließ einen nicht an sich heran. Ich meine, er hat ein paarmal hier mit mir Kaffee getrunken und so, aber ich kann nicht sagen, dass ich ihn gekannt habe.« Sie lachte leicht. »Er hat immer zu mir gesagt: ›Lene, von drei Dingen solltest du dich im Leben fern halten, vor allem bei deinem Job, und zwar von Alkohol, Drogen und Typen wie mir.‹ Und damit hatte er vollkommen Recht.«

»Hatte er nie Gäste?«

»Ich glaube nicht, aber Sie dürfen nicht vergessen, dass ich an den meisten Abenden der Woche arbeite, sodass ich das nicht mit Sicherheit sagen kann.«

»Sie selbst sind häufiger dort gewesen?«

»Nur ein paarmal. Auf eine Tasse Kaffee. Ich hatte übrigens damit gerechnet, ihn diese Woche zu sehen, denn ich habe gehört, wie er gekommen ist.«

»Wann?«, fragte Høyer.

»Dienstagabend natürlich. An dem Abend, bevor er erschossen wurde.«

6

Høyer starrte das Mädchen an. »Wollen Sie damit sagen, dass er Dienstagabend hier war? In seiner Wohnung? Sind Sie ganz sicher?«

Sie sah ihn leicht verwundert an.

»Ja«, antwortete sie. »Warum finden Sie das so merkwürdig? Ich meine, wenn er hier in der Stadt war, war es doch nur natürlich, dass er hier war, nicht?«

»Sicher, aber …«

Høyer sah sie forschend an. Das machte seine Theorie von dem geheimnisvollen Verfolger natürlich zunichte …, wenn man sich auf das Milchmädchen verlassen konnte.

»Dienstagabend«, murmelte er. »Sie sind sich sicher, dass es Dienstagabend war?«

»Ganz sicher. Ich hatte frei und an dem Abend ist das Wetter so schön geworden. Mein Freund und ich sind abends segeln gegangen und wollten eigentlich auf dem Boot übernachten, er hat ein Segelboot, verstehen Sie? Aber in der Kajüte war es viel zu heiß zum Schlafen und am Ende bin ich nach Hause gefahren.«

»Allein?«

»Ja, wir haben uns ein bisschen gestritten und dann bin ich gefahren.«

»Und Sie haben Martin gesehen?«

»Nein, ich habe ihn nicht gesehen, ich habe ihn gehört.«

»Heißt das, Sie haben mit ihm gesprochen?«

»Ja.«

»Wann war das ungefähr?«

Sie dachte nach. »Ich bin gegen elf nach Hause gekommen und kann mich erinnern, dass ich schon im Schlafanzug war, sodass es bestimmt halb zwölf oder zwölf war. Vielleicht war es auch später. Ich erinnere mich nicht genau.«

»Versuchen Sie es.«

»Ich weiß nicht. Warum ist das so wichtig? Warten Sie … Es muss später als zwölf gewesen sein. Wenn ich mich recht erinnere, habe ich um zwölf die Nachrichten gehört, aber beschwören kann ich das nicht.«

»Und Sie haben wirklich mit ihm gesprochen?«

»Ja, das heißt, richtig eigentlich nicht. Ich hatte ja mein Nachtzeug an, deshalb habe ich die Tür nur einen Spalt breit geöffnet und gerufen: ›Bist du das, Martin?‹, und er hat aus der Wohnung mit ›Ja‹ geantwortet. Ich habe dann noch gesagt: ›Wir sehen uns morgen!‹ Und er hat ›Okay‹ gerufen. Das war alles.«

»Haben Sie seine Stimme erkannt?«

»Ja, natürlich. Wer sollte es denn sonst gewesen sein? Aber er hat ja nur zwei Worte gesagt.« Sie sah Høyer an und langsam begriff sie, worauf er mit seiner Frage hinauswollte. »Sie meinen doch nicht, dass …? Sie glauben, das war gar nicht er, sondern der Typ, der ihn erschossen hat, nicht wahr?«

»Es kann jedenfalls nicht Nielsen gewesen sein«, sagte Høyer. »Er wurde kurz nach zwölf mehrere Kilometer von hier festgenommen. Demnach … nein, er kann es auf keinen Fall gewesen sein.«

»Verdammt, dann war es bestimmt der andere«, rief sie sichtlich erschüttert. »Oh Mannomann, das wäre es doch gewesen, wenn ich zu ihm in die Wohnung spaziert wäre. Was, glauben Sie, wäre passiert?«

»Darüber sollten Sie sich keine Gedanken machen«, sagte Høyer. »Sie haben es ja nicht getan.«

»Nein, glücklicherweise«, sagte sie und schauderte.

Høyer erhob sich. »Nun, ich denke, im Moment habe ich nichts mehr, womit ich Sie plagen kann. Vielen Dank für den Kaffee.«

»Bitte. Es ist schön, jemanden zum Reden zu haben, sonst schalte ich immer das Radio ein«, sagte sie. »Wann wird er eigentlich beerdigt? Ich möchte ihm gern ein paar Blumen schicken.«

»Ich weiß es nicht«, sagte Høyer. »Aber er wird bestimmt in aller Stille beigesetzt.«

»So wird es wohl sein. Ich habe ihn ja auch nicht besonders gut gekannt. Gott weiß, ob das überhaupt jemand hat«, fügte sie in einer plötzlichen Einsicht hinzu.

Der Otter wohnte in einer kleinen Straße hinter dem Krankenhaus. Seine Wohnung lag im dritten Stock direkt unter dem Dach. Therkelsen blieb im Flur stehen und sah sich um.

Er schüttelte den Kopf. Das konnte unmöglich erlaubt sein. Hier oben gab es sechs Türen. Fünf waren mit mehr oder weniger schönen, handgeschriebenen Namensschildern versehen, während auf der sechsten ein Herz war. Es gab nur die eine Treppe, und er wagte nicht daran zu denken, wie die Bewohner herauskommen sollten, falls ein Feuer ausbrach. Offensichtlich schien diese Frage nie jemanden interessiert zu haben.

Hinter der Tür mit dem Herzen ging eine Toilettenspülung, und kurz darauf hörte Therkelsen, wie der Schlüssel sich im Schloss drehte.

Er klopfte an die Tür des Otters.

Nichts rührte sich.

Therkelsen klopfte noch einmal.

In dem Moment ging die Tür mit dem Herzen auf und ein kleiner, dünner Grönländer trat in den Flur. Er starrte Therkelsen leer und ohne eine Miene zu verziehen an, so als würde er seine Gegenwart überhaupt nicht wahrnehmen, und wackelte auf unsicheren Beinen den Gang hinunter. Ein Mief von Bier und Marihuana umgab ihn. Therkelsen sah ihm nach, dann drehte er sich um, um noch einmal zu klopfen, als die Tür aufgerissen wurde und eine wütende Stimme brüllte: »Kann man zum Teufel nicht mal …« Es war der Otter, der abrupt verstummte, als er Therkelsen erkannte.

»Guten Tag«, sagte Therkelsen. »Darf ich reinkommen?«

»Was zum Teufel wollen Sie von mir? Ihr solltet euch lieber für die verdammten Affen interessieren.« Er machte eine ausladende Handbewegung in Richtung des verschwundenen Grönländers. »Der wohnt da mit einer Weibsperson gleichen Schlags. Jeden Tag pumpen sie sich vom frühen Morgen an mit Alkohol und Drogen voll. Und woher haben sie das Geld? Von der Sozialhilfe. Und wir dürfen für das Fest bezahlen, verdammt. Die blöden Affen bekommen es hinten und vorne reingesteckt und beklagen sich auch noch. Wir sollten die ganze Bande nach Hause ins Eis schicken, da können sie ihren Tran saufen.«

»Ich habe gefragt, ob ich reinkommen darf«, sagte Therkelsen etwas schärfer.

»Warum? Sie können mir hier im Flur sagen, was Sie zu sagen haben, und wieder gehen. Ich bin nicht verpflichtet, Sie hereinzulassen. Haben Sie vielleicht einen Durchsuchungsbefehl? Natürlich nicht, denn sonst hätten Sie nicht so verdammt höflich gefragt. Nun, was sagen Sie jetzt?«

»Ich sage, dass ich Sie sonst festnehmen muss«, sagte Therkelsen.

»Ihr sitzt doch immer am längeren Hebel«, sagte der Otter etwas kleinlauter. »Dann kommen Sie, verdammt nochmal, wenn es denn sein muss.«

Er trat zur Seite, sodass Therkelsen an ihm vorbeigehen konnte, und schloss schnell die Tür hinter ihm.

Therkelsens Gesicht war ausdruckslos, während er sich in dem Zimmer umsah. An einer Wand stand eine ungemachte Liege. Das Bettzeug war schmutzig und es roch nach Schweiß. Auf dem Boden lagen mehrere Paar Schuhe verstreut, die aussahen, als wollten sie in Panik flüchten. Wohl kaum aus Angst geputzt zu werden, dachte Therkelsen.

Vor der Liege stand ein niedriger Couchtisch aus Teak. Die Tischplatte war fast vollständig von Pornoheften, Werbebeilagen, leeren Flaschen und vollen Aschenbechern verdeckt.

Am entgegengesetzten Ende des Zimmers thronte ein altes gestrichenes Büfett, auf dem zwei Elektroplatten standen.

»Schön haben Sie es hier«, sagte Therkelsen sarkastisch.

»Sind Sie gekommen, um sich die Wohnung anzusehen?« Der Otter blickte ihn böse an.

»Das kommt auf den Preis an«, sagte Therkelsen. »Wie viel bezahlen Sie hierfür?«

»Achthundert. Warm.«

»Ganz schön teuer«, sagte Therkelsen in dem Versuch, den Otter freundlicher zu stimmen, aber der hatte nicht vor, sich weich klopfen zu lassen.

»Setzen Sie sich«, sagte er. »Das kostet dasselbe.«

Er schob ein paar Kleidungsstücke von dem einzigen Stuhl. Er selbst platzierte sich auf der Fensterbank, sodass er das Licht im Rücken hatte, und drehte sich eine Zigarette.

Therkelsen zuckte mit den Schultern und setzte sich. Er hatte genug gesehen. Der Otter war nicht sein Mann. Offensichtlich hatte er sich nicht verändert. Dasselbe halblange, fettige Haar, das glatt zurückgestrichen war und einem nassen Otterpelz glich, dieselbe niedrige Stirn, die kurze Stupsnase und dasselbe wütende Brüllen. Aber der Mann war fertig, das konnte er sehen. Die Luft war raus. Er erinnerte an einen alten Hund, der noch bellte, aber längst aufgehört hatte zu beißen. Die vielen Jahre inner- und außerhalb des Knasts hatten ihn aufgebraucht. Oder? Vielleicht hatte er sich zu einer letzten Tat aufgerafft.

»Wovon leben Sie eigentlich?«, fragte Therkelsen. »Jetzt.«

»Sie können sich die Scheiße ruhig sparen«, sagte der Otter. »Sie sind doch verdammt nochmal nicht gekommen, um zu fragen, was ich an Miete zahle und was ich mache!«

»Nein, ich wüsste gerne, wo Sie gestern waren!«

»Gestern?«, der Otter zündete sich seine Zigarette an und sah Therkelsen durch die Flamme misstrauisch an.

»Ja.«

»Daran erinnere ich mich nicht.«

»Versuchen Sie es. Das liegt schließlich nicht Wochen oder Monate zurück. Es geht um *gestern.*«

»Ich war hier, soweit ich mich erinnere. Warum?«

»Sie waren doch wohl nicht den ganzen Tag hier«,

wandte Therkelsen ein. »Bei dem schönen Wetter. Das kann ich mir nicht vorstellen.«

»Ich habe nichts getan.«

»Das sage ich auch nicht, aber dann können Sie mir doch erzählen, wo Sie waren.«

»Ich erzähle Ihnen gar nichts«, sagte der Otter. »Wenn Sie mir etwas anhängen wollen, können Sie mich ja festnehmen. Bitte schön! Ich sage kein Wort, bevor ich nicht mit einem Anwalt gesprochen habe.«

Therkelsen seufzte. »Dann bleibt mir wohl nichts anderes übrig, als Sie mitzunehmen.«

»Ich habe nichts getan. Ich war den ganzen Vormittag hier.«

»Allein?«

»Ja und nein.«

»Was heißt das?«

»Das Grönländermädchen war hier. Sie wollte mit mir ficken, um sich ein paar Kronen zu verdienen.«

»Hatte sie Erfolg?«

»Nein, sie ist mir zu hässlich. Und mit allem Möglichen zugedröhnt. So bedürftig bin ich nun auch wieder nicht, aber es war nicht einfach, sie loszuwerden. Schließlich habe ich ein Bier mit ihr getrunken, und als ihr Typ vom Sozialamt zurückkam, ist sie gegangen.«

»Wann war das?«, fragte Therkelsen.

»Gegen Mittag. Dann bin ich aufgestanden und habe eine Runde durch die Stadt gedreht.«

»Wo waren Sie?«

»Verdammt, Mann, ist das nicht egal? – Na schön, den größten Teil des Tages habe ich auf dem Bibliotheksplatz gesessen und ein paar Bier getrunken, aber wahrscheinlich interessieren Sie sich ja für den Abend und da war ich in

Willys Bodega. Den ganzen Abend, dafür gibt es Zeugen. Sie können nachfragen. Ich war bis zur Sperrstunde da. Ich war vielleicht ein bisschen voll, aber ich habe nicht randaliert, weder da noch auf dem Weg nach Hause. Ich weiß nicht, wer zum Teufel Ihnen gesagt hat, dass ...«

»Niemand hat mir etwas gesagt«, sagte Therkelsen sanft. »Und ich interessiere mich vor allem für den Nachmittag. Waren Sie am Nachmittag mit jemandem zusammen oder haben Sie mutterseelenallein bei Ihren Bieren gesessen?«

»Am Nachmittag? Daran kann ich ...«

Er hielt inne und sah Therkelsen mit zusammengekniffenen Augen an. Dann sprang er von der Fensterbank und baute sich vor ihm auf. Seine Augen blitzten erschrocken und seine Stimme wurde ein paar Tonlagen höher.

»Hören Sie mal, Mann, was wollen Sie eigentlich? Gestern Nachmittag? Wollen Sie mir den Mord an dem Indianer anhängen? Ist es das, was Sie wollen? Sie sind doch verdammt nochmal nicht ganz richtig im Kopf. Ich habe den Mann überhaupt nicht gekannt. Habe nie einen Dreck mit ihm zu tun gehabt. Niemand hat ihn gekannt, nicht einmal die, die mit ihm gesessen haben. Mit Ausnahme von Bolette, und der sagt, dass er in Ordnung war. Er war sein Diener, verstehen Sie? Deshalb kannte er ihn ein bisschen. Er hat gesagt, dass man sich immer was von ihm leihen konnte, wenn man pleite war. Aber er hatte ja auch genug Geld. Er muss total verrückt gewesen sein, das ist meine Meinung, und damit stehe ich nicht allein da.« Der Otter glotzte Therkelsen an. »Aber wer zum Teufel hat Ihnen erzählt, dass ich etwas mit ihm zu tun gehabt habe, das wüsste ich zu gerne.«

»Beruhigen Sie sich«, sagte Therkelsen besänftigend. »Ich habe kein Wort von dem Indianer gesagt.«

»Was wollen Sie dann? Übrigens könnt ihr den Fall auch gleich aufgeben. Das ist was Ausländisches. Das sagen alle. Er muss sich mit der Mafia eingelassen haben oder so. Er wohnte doch in Italien.«

»In der Schweiz.«

»Das ist doch alles das Gleiche. Den Fall löst ihr nie. Da könnt ihr auch gleich aufgeben. Verdammt, der Mann ist tot, und fertig. Diesen Weg müssen wir alle mal gehen. Alles ist vorherbestimmt.«

»Alles? Glauben Sie das?«, fragte Therkelsen.

»Ja, das glaube ich, verdammt nochmal. Das ist das Schicksal und dem kann man nicht entrinnen«, sagte der Otter. »Nehmen Sie mich zum Beispiel. Als ich letztes Mal rausgekommen bin, habe ich ein paar kleine Brüche gemacht, nichts Besonderes, und niemand hat auch nur das kleinste bisschen geahnt. Und als ich gerade ein Mädchen gefunden hatte und Herr Ordentlich werden wollte, PENG, da fiel der Hammer. Wegen etwas, was fast vergessen war. Das war einfach Pech, ja! Tschüss Arbeit, tschüss Mädchen, tschüss geregeltes Leben! Ich hätte ihn umbringen können, Ihren fetten Kollegen. Warum muss er in der alten Scheiße herumstochern. Sie sagen, dass er genau neben dem Indianer gestanden hat, als der erschossen wurde. Ich hätte mir ins Fäustchen gelacht, wenn der Typ daneben geschossen und ihm den Kopf weggeblasen hätte.«

»Warum das? Sie haben doch selbst gesagt, dass es Schicksal war.«

»Sie haben überhaupt nichts verstanden«, sagte der Otter. »Ihnen und Ihrem fetten Kollegen will bestimmt niemand den Kopf wegblasen, da ist nämlich nichts wegzublasen.«

»Das freut mich zu hören«, sagte Therkelsen und stand auf. Er ging zur Tür und öffnete sie schnell. Draußen stand das Grönländermädchen und lächelte ihn unsicher einladend an.

»Hau ab, du blöde Kuh«, brüllte der Otter. »Das ist ein Bulle.«

Sie sah verständnislos von Therkelsen zum Otter, dann drehte sie sich um und trollte sich den Gang hinunter zu ihrem Zimmer.

»Die sind total verrückt«, erklärte der Otter. »Was zum Teufel sollen wir mit denen? Mit so einer Horde Halbaffen.«

»Nun gut, danke für das Gespräch«, sagte Therkelsen.

»Was wollten Sie eigentlich? Fragen Sie in *Willys Bodega*, ob ich den ganzen Abend da war.«

Therkelsen lachte. »Selbst wenn jeder einzelne Gast in *Willys Bodega* mit der Hand auf der Bibel schwören würde, würde ich keinem von ihnen auch nur ein Wort glauben. Aber seltsamerweise glaube ich Ihnen. Dieses eine Mal zumindest.«

»Es wäre nur interessant gewesen zu erfahren, was man nicht getan hat«, knurrte der Otter.

»Stimmt. Sie können sich ja die Zeit damit vertreiben, es herauszufinden.«

»Nun?«, sagte Høyer, als er und Therkelsen sich am späten Nachmittag trafen. »Hast du etwas erreicht?«

Therkelsen schüttelte den Kopf. Weder der Besuch im Krankenhaus noch der beim Otter hatte etwas gebracht. Aber Letzteren hatte er nicht vor, Høyer gegenüber zu erwähnen.

»Nein«, sagte er. »Da war nichts und sie haben ihn

gründlich untersucht, das kann ich dir versichern.« Er schnitt eine kleine Grimasse. »Außer den Klamotten waren da nur seine Armbanduhr, teuer natürlich, und ein Ring. Ich habe mit seiner Schwester gesprochen. Sie kommt die Sachen morgen abholen. Sie kümmert sich auch um die Beerdigung.«

»Gut«, sagte Høyer.

»Was ist mit dir und deinem Besuch im *Dosenpalast*? Bist du jetzt klüger?«

»Ja und nein«, sagte Høyer.

»Was heißt das?«, fragte Therkelsen.

Høyer gab ihm eine kurze Beschreibung von der Wohnung des Indianers.

»Ein Flügel!«, unterbrach ihn Therkelsen ungläubig, als Høyer zu diesem Punkt seines Berichts gekommen war.

»Ja, ein großer, schwarzer Flügel. Wenn er in der Wohnung war, hat er sich allem Anschein nach die Zeit mit Klavierspielen und Kaffeetrinken vertrieben.«

»Eine etwas seltsame Beschäftigung für einen Einbrecher, nicht?«

»Ja, aber er war ja auch ein seltsamer Einbrecher«, sagte Høyer. »Deshalb stimme ich dir auch nicht zu, wenn du sagst, dass er nicht besonders interessant war. Dass nur sein Hintergrund ihn interessant gemacht hat. Die Argumentation ist schief. Das ist so, als würde man sagen, dass Allan Simonsen nicht interessant wäre, hätte er nicht Fußball, und Louis Armstrong, hätte er nicht Trompete gespielt. Aber sie haben Fußball beziehungsweise Trompete gespielt, das ist ein Teil ihrer Persönlichkeit, genau wie der Hintergrund ein Teil der Persönlichkeit des Indianers ist. Alles hängt miteinander zusammen. Das ist das Interessante.«

»Hmm«, brummte Therkelsen nicht sonderlich überzeugt. »Aber du hast jedenfalls nicht gefunden, was du gesucht hast.«

»Eigentlich habe ich nichts gesucht, aber ich habe etwas gefunden.«

»Du hast doch gesagt …«, begann Therkelsen.

»… dass es nahezu unmöglich ist, etwas in der Wohnung zu verstecken, ja«, unterbrach ihn Høyer. »Was ich herausgefunden habe, ist, dass offenbar jemand vor mir und bevor die Wohnung versiegelt wurde dort war.«

»Du meinst die Spuren auf Spülkasten und Flügel, aber die können von ihm selbst sein.«

»Und wann soll er die hinterlassen haben?«

»Bevor er zu Grete Krag gefahren ist.«

»Wie willst du dann erklären, dass das Milchmädchen ihn gegen zwölf gehört hat?«

»Sie war sich ja nicht sicher, was die Zeit angeht. Vielleicht war es viel früher.«

»Ich glaube eher, dass es später war«, sagte Høyer. »Aber das wird sich zeigen, nachdem die Techniker sich die Wohnung angesehen haben. Wenn es keine Fingerabdrücke gibt, wird er wohl kaum selbst da gewesen sein, denn ich kann mir nur schwer vorstellen, dass er in seiner eigenen Wohnung Handschuhe getragen hat.«

»Du willst, dass es ein anderer war«, sagte Therkelsen. »Weil du dich an der Theorie festgebissen hast, dass er beschattet wurde und deshalb nicht gewagt hat, in seine Wohnung zu fahren.«

»Er ist nicht da gewesen«, sagte Høyer. »Davon bin ich überzeugt. Wenn er in seiner Wohnung gewesen wäre, hätte er den Briefkasten geleert. Spätestens nachdem er sich entschlossen hatte, zu Grete Krag zu fahren. Denn die Geschichte, dass sie ihn selbst aufgefordert hat, jederzeit zu kommen, müssen wir ihm wohl abnehmen.«

»Vermutlich ist er davon ausgegangen, dass sie zu Hause ist«, sagte Therkelsen. »Warum sollte er dann im Briefkasten nach einer Nachricht von ihr suchen?«

»Weil sie das abgesprochen hatten«, sagte Høyer. »Und warum hatten sie das? Er hätte sie doch einfach anrufen und hören können, ob sie da war. Einen Schlüssel für ihre Wohnung hatte er ohnehin. Warum hat sie sich die Mühe gemacht, zu ihm rauszufahren und eine Karte in seinen Briefkasten zu werfen? Kannst du mir das erklären?«

»Manche Menschen sind eben so«, meinte Therkelsen. »Sie wollen, dass alles seine Ordnung hat.«

»Ich glaube nicht ...«, begann Høyer. »Wo zum Teufel ist diese Karte? Hier! Als ich sie dem Indianer vorgelesen habe, kam es mir so vor, als habe die Nachricht für ihn etwas zu bedeuten. Er wirkte erleichtert und ... nein, ich kann das nicht erklären, aber da war etwas. Und was steht da? Dass sie in Urlaub ist, am Samstag nach Hause kommt und er sich ruhig einen Whisky nehmen soll. On the rocks. Sonst nichts. Was zum Teufel hat das zu bedeuten?«

Er schwieg. Ganz kurz hatte eine vage Idee, der Zipfel einer Idee, in seinem Gehirn Form angenommen, aber dann war sie wieder verschwunden, bevor er sie aufgreifen konnte.

»Warum willst du unbedingt, dass eine verborgene Mitteilung dahintersteckt?«, fragte Therkelsen. »Es bedeutet wahrscheinlich nichts anderes als das, was da steht.«

»Genau das weiß ich eben nicht«, sagte Høyer und rieb sich nachdenklich das Ohrläppchen. »Auf die eine oder andere Weise kommen wir immer wieder auf diese Grete

Krag zurück. Sie hat gewusst, dass er in die Stadt kommen wollte. Als Einzige vielleicht. Und trotzdem verschwindet sie, macht sich unsichtbar. Warum? Ich hoffe, dass diese Frau bald auftaucht. Ich glaube, dass sie uns eine Menge erzählen kann.«

»Du meinst doch nicht im Ernst, dass sie in die Geschichte verwickelt ist?« Therkelsen sah ihn nachsichtig an. »Das halte ich für völlig unwahrscheinlich.«

»Ich meine überhaupt nichts«, wandte Høyer ein. »Aber ich bin sicher, dass sie uns etwas zu erzählen hat.«

»Wenn du das sagst«, sagte Therkelsen trocken. »Warten wir es ab. Ich teile deinen Optimismus jedenfalls nicht.«

»Außerdem habe ich noch eine interessante Information von meinem Milchmädchen bekommen«, bemerkte Høyer, Therkelsens letzte Bemerkung ignorierend. »Der Indianer hat die Wohnung verkauft. Warum? Brauchte er Geld? Ich denke, wir sollten Bach morgen ein paar Nachforschungen anstellen lassen. Und es wäre auch nicht verkehrt, sich einmal mit seinem Anwalt über diese dubiose Agentur in der Schweiz zu unterhalten.«

»Die gibt es«, meinte Therkelsen.

»Vielleicht«, sagte Høyer. »Aber mir kommt das alles so wenig fassbar vor.«

»Das liegt nur daran, dass die Agentur im Ausland ist«, sagte Therkelsen. »Denn es gibt sie wirklich, die Schwester hat auch davon gesprochen.«

»Ja, das hat sie«, räumte Høyer ein. »Und Bach auch. Aber trotzdem. Ich wüsste gern mehr darüber.«

Therkelsen warf Høyer einen forschenden Blick zu. Er schien die Theorie, dass er möglicherweise selbst das Opfer hätte sein sollen, ganz verworfen zu haben. Verworfen oder verdrängt?, fragte sich Therkelsen und war plötzlich beunruhigt. Dieser Narr hatte offensichtlich nicht vor, auch nur im Geringsten in Erwägung zu ziehen, dass er in Gefahr sein könnte, und das machte die Gefahr nur noch größer. Aber was konnten sie tun? Außer zu hoffen, dass der Typ nach dem ersten fehlgeschlagenen Versuch aufgab und Høyer in Ruhe ließ.

Es klopfte an der Tür und Bach trat ins Büro. Seinen Gesichtsausdruck konnten weder Høyer noch Therkelsen deuten.

»Ich wollte nur erzählen, dass einer der Streifenwagen gerade einen gestohlenen Datsun auf dem Langzeitparkplatz des Flughafens gefunden hat.«

»Na also!«, rief Høyer mit glänzenden Augen. »Einen hellen?«

»Ja, einen weißen. Er ist irgendwann am Dienstagabend gestohlen worden. Der Besitzer weiß nicht, wann. Er hat es erst am Mittwochmorgen bemerkt.«

»Wo wurde er gestohlen?«

»Auf dem Parkplatz hinter dem *Hotel Royal.*«

»Also mitten in der Stadt«, sagte Høyer. »Sieh mal einer an. Das könnte gut das Fluchtauto sein, was die Theorie untermauert, dass der Typ von auswärts kam. Er hat bestimmt nach dem Mord das erste Flugzeug nach Kopenhagen genommen und ist längst außer Landes.«

Er nickte zufrieden.

Bach blieb stehen. Der merkwürdige Gesichtsausdruck war nicht verschwunden.

Verlegenheit, dachte Therkelsen. Das ist Verlegenheit. Aber warum?

»Hast du noch mehr gute Neuigkeiten?«, fragte Høyer, als Bach noch immer dastand, ohne etwas zu sagen.

»Gut würde ich nicht direkt sagen«, Bach zuckte mit den Schultern.

»Und? Nun sag schon.«

»Ihr habt wohl nicht die letzten Nachrichten gehört, oder?«

»Nein, warum?«, fragte Høyer und sah ihn verwundert an. »Gab es etwas Besonderes?«

»Natürlich ist unser Fall erwähnt worden«, erklärte Bach. »Und der Sprecher hat unter anderem gesagt, dass ›die Polizei die kursierenden Gerüchte, dass der Täter sich geirrt hat und der tödliche Schuss einem der vor Ort befindlichen Polizisten zugedacht war, als bloße Fantasie ohne den geringsten Anhaltspunkt zurückweist.‹«

Therkelsen schlug auf den Tisch. »Verdammt«, rief er.

Er und Bach vermieden es, Høyer anzusehen.

Diesmal war er offenbar zu redselig gewesen. Sie hatten es geahnt.

Niemand von ihnen sagte etwas.

Høyer sah einen Moment nachdenklich in die Luft, dann bemerkte er die Stille und sah sie an.

Er zuckte mit den Schultern und lächelte fast entschuldigend.

»Na schön«, sagte er. »Sieht ganz so aus, als hätte der Bengnaveren seine Geschichte bekommen, nicht?«

Dann beugte er sich auf dem Schreibtisch vor und stützte das Kinn in die Hände.

Bach sah ihn verblüfft an.

Er hätte schwören kann, dass Høyer in dem Moment ein zufriedenes kleines Lächeln verbarg.

Der Freitag kam und ging mit ebenso warmen Temperaturen wie in den vorangegangenen Tagen. Die Luft stand still, flirrend vor Hitze. Der Fall stand still. Alles stand still. Es war, als trete man auf der Stelle.

Therkelsen war unruhig. Es verwirrte ihn, dass er nicht mit Høyer darüber reden konnte. Aber zumindest konnte er Tryne-Bent jetzt von der Liste streichen. Er saß in Horsens ein und konnte am Mittwoch nicht in der Stadt gewesen sein. Kim René hingegen war wie vom Erdboden verschluckt, was an sich schon beunruhigend war.

Bach hatte mit dem Anwalt der Familie Schrøder gesprochen, der nur bestätigt hatte, dass der Indianer vor einigen Jahren die Agentur in der Schweiz geerbt, sie aber vor ein paar Monaten an einen Mitarbeiter, einen Schweizer Staatsbürger, verkauft hatte. Er wusste nicht, zu welchem Preis. »Aber vermutlich weit unter Wert«, meinte er. »Hans Martin war kein Geschäftsmann, auch wenn er gern diese Rolle gespielt hat. Die Firma hier zu Hause kann zufrieden sein, dass sie in geschäftstüchtigere Hände gegangen ist. Poul Schrøder wollte nicht mit seinem Bruder zusammenarbeiten, was eigentlich bedauerlich war, da die Agentur gut lief. Aber jetzt renkt sich bestimmt alles wieder ein.«

Über den Wohnungsverkauf des Indianers wisse er nichts, erklärte er. Abgesehen davon, dass er vor einigen Tagen die Eintragung ins Grundbuch in der Zeitung gesehen habe. Die Kaufsumme sei nicht angegeben gewesen. Der Käufer sei ein Pressefotograf, Bent Larsen, der hier in der Stadt wohne.

Ihn könne er ja fragen, wenn er weitere Informationen wünsche.

Bach folgte dem Rat.

»Und das war, ehrlich gesagt, eine etwas seltsame Geschichte«, erzählte er später, als sie sich am Ende des Tages in Høyers Büro versammelt hatten. »Sie haben vor drei Monaten verhandelt und Bent Larsen sollte die Wohnung am 1. August übernehmen. Der Preis betrug 270.000 Kronen in bar und lag somit weiter unter dem für diese Wohnungen üblichen Preis. Aber bar bedeutete in diesem Fall, dass der Indianer das Geld auf die Hand bekam. Jede einzelne Krone. Es war vorgesehen, dass der gesamte Betrag bei dem letzten Besuch des Indianers gezahlt werden sollte, also vor sechs Wochen, doch ist es Bent Larsen nicht gelungen, das Geld rechtzeitig zusammenzubekommen. Der Indianer war rasend und die ganze Transaktion wäre beinahe geplatzt, doch schließlich hat er sich bereit erklärt, auf die letzten 100.000 Kronen zu warten.«

»Wie sollten die gezahlt werden?«, fragte Høyer.

»Ebenfalls bar«, sagte Bach.

»Das heißt, dass sie noch nicht bezahlt sind«, stellte Høyer fest.

»Doch, sind sie«, berichtigte Bach.

»Ist er in der Zwischenzeit hier gewesen?«

»Nein, Larsen hat das Geld einem Zwischenhändler gegeben.«

»Einem Zwischenhändler? Wem?«

»Das zu sagen, hat er sich geweigert. Er hat gesagt, dass er versprochen hat, nichts zu sagen.«

»Was zum Teufel bildet der sich ein?«, rief Høyer. »Ist ihm nicht klar, dass wir in einem Mordfall ermitteln?«

»Seiner Meinung nach hat das nichts mit dem Fall zu tun.«

»Er bezahlt 100.000 Kronen an irgendjemanden, der sie an den Indianer weitergeben soll, und dann sagt er, dass das nichts mit dem Fall zu tun hat? Der Mann muss dumm oder dreist sein oder beides. Leute haben schon für geringere Summen gemordet. Du hättest ihn mitbringen sollen«, sagte Høyer wütend.

Bach lachte. »Es kann gut sein, dass ich nicht so laut schreien kann wie du, aber er hat mich trotzdem verstanden und die Sache endete damit, dass er mir den Namen genannt hat. Knud Christoffersen heißt der Mann. Mit ihm habe ich aber noch nicht gesprochen.«

Høyer sah auf die Uhr.

»Wir heben ihn uns für morgen auf. Es ist angenehm, gleich morgens etwas Konkretes zu haben. Und hoffentlich taucht gegen Mittag unsere Freundin auf. Ihr werdet sehen, dass die Dinge dann in Fluss kommen. Übrigens, haben wir die Passagierliste von der Swiss Air bekommen?«

»Ja, es waren noch sieben andere Dänen an Bord. Wir überprüfen sie gerade«, sagte Larsen.

»Gut, Freunde«, sagte Høyer und stand auf. »Lassen wir es für heute genug sein.«

Der Abend war ebenso schön wie die vorhergegangenen. Wie der Abend, an dem er und seine Frau hier auf der Terrasse gesessen hatten, dachte Høyer. Und am nächsten Tag war der Indianer erschossen worden.

Høyer seufzte tief.

Jener Abend war so vollkommen gewesen, aber er hatte einen bitteren Nachgeschmack bekommen, der sich auch auf die folgenden Abende ausgewirkt hatte.

Er trank einen Schluck Weißwein und schnitt eine Grimasse. Selbst der Wein schmeckte nicht mehr so gut. Vielleicht wurde er langsam zu alt für diesen Beruf. Schleppte die Fälle mit nach Hause, die Sorgen, die Grübeleien. In Wirklichkeit hätte er es sich gut gehen lassen, sich einen schönen Tag machen sollen. Den Sommer und das Leben genießen, anstatt sich mit Protokollen herumzuschlagen.

»Du seufzt so tief«, sagte seine Frau. »Du … du glaubst doch nicht, dass etwas an dem Gerede dran ist …, dass das ein Versehen war.«

Sie sah ihn beunruhigt an.

Høyer lachte. »Da bin ich mir ganz sicher«, sagte er. »Ganz sicher. Ich habe nur gerade darüber nachgedacht, ob ich mich vorzeitig pensionieren lassen soll.«

»Du?« Sie schüttelte den Kopf. »Das kannst du nicht.«

»Warum nicht?«

»Du bist noch nicht alt genug und du bist nicht müde genug. Und im Übrigen dauert es noch ein paar Jahre, bis du gehen darfst.«

»Tja, ich weiß«, sagte Høyer. »Aber in ein paar Jahren könnte ich gut aufhören. Es würde uns ein bisschen was kosten, aber nicht so viel, dass wir nicht immer noch gut zurechtkämen.«

»Hast du das etwa durchgerechnet?«, fragte sie verblüfft.

»Nur flüchtig.«

»Ich glaube, das wäre eine schlechte Idee«, sagte sie. »Jetzt genießt du die Freizeit, weil sie im Kontrast zu deiner Arbeit steht. Du würdest es nicht aushalten, nichts zu tun zu haben.«

Würde ich das nicht?, dachte Høyer. Würde ich das wirklich nicht?

Er summte vor sich hin. *Trink aus dein Glas, der Tod steht auf der Schwelle.*

Letztendlich tat er das. Egal wie man es drehte und wendete. Wer wusste schon, wie viel Zeit man noch hatte? Sollte man dann nicht intensiver leben? Aber was hieß das eigentlich? Intensiv leben. Hieß es, keine Pflichten zu haben und, wie Candide, sich um seinen Garten zu kümmern, oder hieß es vielmehr, sich den Aufgaben zu stellen, die einem auferlegt waren?

Er wollte noch einmal seufzen, ließ es jedoch und trank stattdessen einen Schluck Wein.

Er musste an die Worte des Indianers denken: »Wir sind zwei Seiten derselben Medaille, Høyer.«

Er schnaubte. Unsinn. Es war nicht das Abenteuer, das er seinerzeit gesucht hatte. Nicht, soweit er sich erinnerte. Aber was war es dann? Und hatte er es gefunden? Er zuckte mit den Schultern. Vermutlich nicht. Damals war ihm alles so einfach vorgekommen. Die Welt war schwarz und weiß gewesen ohne all die Grauzonen, die sie jetzt beherrschten. Das lag daran, dass er damals jung und naiv gewesen war, denn die Welt hatte sich seitdem wohl kaum so sehr verändert. Der Teufel hielt noch immer die Hand über seine Schäfchen. Hatte man die richtigen Beziehungen, konnte man sich nahezu alles leisten. Das sah man immer wieder. Hatte man sie nicht, erwischte es einen. Er fand, dass das immer deutlicher wurde.

Er hatte nie daran geglaubt, dass sich das Verbrechen ganz ausrotten ließ, aber er hatte daran geglaubt, seinen kleinen Teil dazu beizutragen. Jetzt zweifelte er, ob das, was er tat, überhaupt von Bedeutung war. Hin und wieder kam es ihm wie eine Sisyphusaufgabe vor.

Seine Gedanken wanderten zurück zu dem Indianer. Ganz langsam entstand in ihm eine Theorie darüber, was passiert war und wer dahintersteckte. Vielleicht stimmten nicht alle Details, aber er wusste, dass er auf der richtigen Spur war.

Er lächelte schwach.

Auf Therkelsens Theorie gab er keine fünf Øre.

Aber natürlich, jeder konnte sich irren, und bald würde sich zeigen, wer von ihnen Recht hatte.

Er hatte etwas in Gang gesetzt, glaubte er. Er hoffte, es auch wieder stoppen zu können.

Er stand auf.

»Es ist Zeit, schlafen zu gehen«, sagte er. »Es ist bald elf.«

Er blieb eine Weile stehen und lauschte in die Nacht hinein, bevor er die Terrassentüren hinter sich und seiner Frau schloss und das Licht ausmachte.

Ein paar Minuten später stand er im Schlafanzug auf dem Balkon vor dem Schlafzimmer in der ersten Etage.

Er hörte seine Frau aus dem Badezimmer kommen.

»Das ist ja die reinste Festbeleuchtung«, sagte sie.

Er drehte sich um.

»Kümmere dich nicht drum«, sagte er.

Er hörte, wie sie sich ins Bett legte, das leicht unter ihr knarrte.

Er selbst stand wie ein großer Schatten vor dem hellen Viereck der Tür.

Er stand ganz still.

»Kommst du nicht?«, fragte seine Frau leicht ungeduldig von drinnen.

»Gleich«, sagte er und blieb stehen.

Es kam ihm so vor, als würde der Garten immer dunkler. Fast bedrohlich, aber er rührte sich noch immer nicht.

Dann hörte er, wie unten im Garten ein Vogel erschrocken aufflatterte und Äste knackten.

Er erstarrte, aber mehr passierte nicht. Es war wohl eine Katze gewesen. Er bewegte sich unwillkürlich ein wenig zur Seite, um nach ihr zu sehen, und in dem Moment passierte es.

Høyer hörte den Knall, bevor er den Schmerz spürte.

Einen scharfen, durchdringenden Schmerz in der linken Seite.

Er hörte seine Frau schreien und dachte: Ich hätte mich nicht bewegen sollen.

Dann umfing ihn das Dunkel.

7

»Vaaater! Telefon!«, brüllte eine raue Stimme im Stimmbruch.

»Jetzt ist die Kacke am Dampfen«, sagte Therkelsen. »Ich komme!«, rief er und stand auf.

Er und der Nachbar hatten sich ein paar Bier geteilt, nachdem sie mehrere Stunden damit verbracht hatten, ihren gemeinsamen Rasenmäher zu zerlegen, nur um schließlich festzustellen, dass keiner von ihnen im Stande war, ihn zu reparieren, geschweige denn wieder zusammenzusetzen.

»Ein bisschen spät«, sagte sein Nachbar und sah auf die Uhr. »Was für ein Job!«

»Wie man's nimmt«, sagte Therkelsen. »Danke für die Einladung. Ich frage meinen Vetter, ob er das hinbekommt. Er ist Automechaniker.«

»Das ist aber kein Auto«, sagte der Nachbar.

»Das ist doch fast das Gleiche«, meinte Therkelsen und schwang seine langen Beine elegant über die Hecke. »Gute Nacht.«

Er ging durch die Hintertür hinein. Aus den Zimmern der Kinder klang Musik, seine Frau war bereits im Bett und las.

Therkelsen ging zu dem Telefon, das gegenüber der offenen Schlafzimmertür auf einem kleinen Tischchen im Flur stand.

»Therkelsen«, sagte er.

Er lauschte einen Augenblick und sein Gesicht wurde aschgrau. Seine Frau sah auf, als hätte sie gespürt, dass etwas nicht in Ordnung war. Sie ließ das Buch sinken und starrte ihn mit angehaltenem Atem an.

»Auf ihn geschossen worden?«, sagte Therkelsen heiser. »Ist er …? Ja, ich komme sofort.«

Langsam legte er den Hörer auf.

»Es geht um Høyer«, sagte er. »Er ist angeschossen worden.«

»Mein Gott!«, rief sie leise. »Ist er schwer verletzt?«

Therkelsen schüttelte den Kopf. »Sie wissen noch nicht, wie schlimm es ist. Es ist gerade erst passiert.«

»Dann galt der Anschlag also doch ihm«, sagte sie. »Auf ihn hatten sie es abgesehen, nicht wahr?«

»Ja«, sagte er kurz.

»Kann ich … kann ich etwas tun?«, fragte sie hilflos.

»Nein«, sagte Therkelsen. »Seine Frau ist mit ins Krankenhaus gefahren. Ich fahre jetzt zu ihm rüber.«

Sie stieg aus dem Bett, trat zu ihm und küsste ihn mit ungewöhnlicher Zärtlichkeit. »Pass auf dich auf«, sagte sie und Therkelsen sah sie kurz an. Verblüfft und fast ein wenig gerührt.

»Du auch«, sagte er.

Sie brachte ihn hinaus und blieb in der Tür stehen, bis das Auto nicht mehr zu sehen war. Dann ging sie langsam wieder hinein.

Noch immer kam Musik aus den Zimmern der Kinder, aber sie nahm sie kaum wahr.

Im Wohnzimmer sank sie auf einen Stuhl und starrte leer in die Luft. Sie war erschüttert, nicht so sehr über Høyer wie über die plötzliche Erkenntnis, dass sie es nicht ertragen würde, falls ihrem Mann jemals etwas passieren sollte.

Bach und Therkelsen trafen etwa gleichzeitig bei Høyers Haus ein. Therkelsen sprang aus dem Auto und lief zu seinem Kollegen.

»Bach, du übernimmst hier das Kommando«, sagte Therkelsen. »Ich fahre ins Krankenhaus.«

»Wie schlimm steht es?«, fragte Bach ernst.

»Keine Ahnung«, sagte Therkelsen. »Aber ich hoffe bei Gott …« Er biss die Zähne zusammen.

Schnell ging er zurück zum Auto und pfiff auf alle Geschwindigkeitsbeschränkungen, als er Richtung Krankenhaus fuhr.

Nachdem Therkelsen mit der Assistenzärztin gesprochen hatte, war er so erleichtert, dass er fast unwirsch klang, als er endlich zu Høyer hineindurfte.

»Das ist vielleicht nicht der richtige Zeitpunkt, dich daran zu erinnern, aber …«, begann er.

»Nein«, knurrte Høyer. »Das ist weder der richtige Zeitpunkt noch der richtige Ort. Aber ich muss zugeben, dass ich mich wie ein Idiot benommen habe.«

»Ich wollte das nicht so direkt sagen, aber es freut mich, dass ich Recht bekommen habe, und es tut mir leid, dass …«

»Dir tut es mit Sicherheit nicht so leid wie mir«, sagte Høyer gereizt.

»Du hast ein *Vulnus sclopertarium* auf der linken Thoraxseite«, referierte Therkelsen. »Das hat die Assistenzärztin gesagt.«

Høyer musste lachen, verzog jedoch das Gesicht zu einer Grimasse.

»Soso, habe ich das?«, rief er. »Du darfst mich nicht zum Lachen bringen. Das ganze Ärztelatein bedeutet doch nur, dass ich eine Schussverletzung in der linken Brust habe. Und noch dazu eine ziemlich oberflächliche. Ein Streifschuss.« Er senkte verschwörerisch die Stimme. »Kannst du mich nicht hier rausholen?«

»Nein, die Assistenzärztin übernimmt die Verantwortung nicht. Du musst bis morgen früh warten, bis der Oberarzt nach dir gesehen hat.«

»Da gibt es nichts zu sehen«, sagte Høyer. »Er wird mich wohl kaum wieder auspacken. Und selbst ich konnte auf dem Röntgenbild sehen, dass die Lunge nichts abbekommen hat.«

Therkelsen lachte. »Angeber! Du kannst gar nichts auf einem Röntgenbild sehen.«

»Kann ich doch, und ich hätte sie bestimmt auch überreden können, wenn nicht dieser tanzende Derwisch sich eingemischt hätte.«

»Wer?«, fragte Therkelsen verständnislos.

»Dieser verrückte Krankenpfleger, mit dem wir früher schon zu tun hatten. Erinnerst du dich nicht an ihn?«

»Du lieber Gott!«, rief Therkelsen. »Bist du ihm in die Klauen geraten? Als ich kam, war er nicht da.«

»Nein, aber ihm entgeht nichts. Er ist ja hier sozusagen die Stationsschwester und ich glaube, dass er zu dieser nächtlichen Stunde nichts zu tun hat. Das Schicksal scheint es nicht gut mit mir zu meinen.«

»Ich finde, du kannst dich gerade jetzt über dein Schicksal nicht beklagen«, sagte Therkelsen vorwurfsvoll. »Du hättest tot sein können.«

»Das hätte mich gewundert«, sagte Høyer trocken.

»Wie meinst du das?«, fragte Therkelsen. »Das ist ein Verrückter, der es auf dich abgesehen hat. Er hat es jetzt zweimal versucht, und es ist das reinste Glück, dass er dich nicht erwischt hat. Einen Zentimeter weiter seitlich und du wärst ein toter Mann.«

»Einen Zentimeter«, sagte Høyer. »Jetzt unterschätzt du mich.«

»Wo ist deine Frau?«

»Der Krankenpfleger hat sie mitgenommen. Vermutlich, um uns daran zu hindern, Pläne zu schmieden. Offiziell, um ihr eine Tasse Kaffee zu geben.«

»Was ist passiert?«

»Wenn ich das so genau wüsste. Ich stand draußen auf dem Schlafzimmerbalkon und …«

»Brannte Licht im Zimmer?«, fragte Therkelsen.

»Ja, alle Lampen waren eingeschaltet.«

»Und du standest direkt in der Tür?«

»Genau.« Høyer lächelte ihn schief an. »Ein Ziel so groß wie ein Scheunentor, nicht?«

»Das war jedenfalls leichtsinnig.«

»Es war nicht beabsichtigt, mich zu treffen«, sagte Høyer und Therkelsen sah ihn verwirrt an. Redete er jetzt wirres Zeug?

»Hast du etwas gehört?«

»Ja, ich habe einen Vogel auffliegen hören und ein paar Äste knacken. Ich habe mich davon täuschen lassen, dass sonst nichts passiert ist. Aber ich hätte mich natürlich nicht bewegen dürfen. Das wusste ich in dem Moment, als der Schuss fiel.«

Therkelsen hatte das Gefühl, dass Høyer immer verwirrter und unzusammenhängender redete. Er schielte nervös zur Uhr, vielleicht sollte er nach dem Krankenpfleger klingeln.

»Ein paar Minuten lang war ich etwas benommen. Vielleicht weil ich beim Fallen mit dem Kopf auf dem Boden aufgeschlagen bin, aber ich denke, es war vor allem psychisch. Ich hatte nicht damit gerechnet, getroffen zu werden, und plötzlich merkte ich, dass ich blutete. Ich hatte die völlig irre Vorstellung, dass ich sterben würde, dass mein Herzblut aus mir herausfloss. Ich habe geblutet wie ein abgestochenes Schwein, und wenn es mein Herzblut gewesen wäre, wäre ich längst tot gewesen, als der Krankenwagen eintraf.«

Høyer lachte kurz und griff sich mit einem Stöhnen in die Seite.

Therkelsen sah ihn forschend an. Vielleicht hatte er eine Spritze bekommen und wirkte deshalb so verwirrt und seltsam aufgedreht.

Aber in dem Moment sagte Høyer: »Es ist komisch, ich fühle mich fast ein bisschen euphorisch. Bestimmt ist das eine Art Reaktion, die Erleichterung darüber, dass ich wirklich nicht tot bin. Es geht mir ausgezeichnet, auch wenn es etwas wehtut.«

Von draußen waren Schritte zu hören, die Tür ging auf und der tanzende Derwisch trat ins Zimmer. Groß, mit schwarzem, lockigem Haar und Bart. Soweit Therkelsen sehen konnte, hatte er sich überhaupt nicht verändert.

»Ach, da haben wir ja noch mehr von der Sorte«, rief der Pfleger, als er Therkelsen erkannte. »Heute Abend wimmelt es ja nur so von alten Bekannten. Das muss am Beruf liegen, dass man immer unter unangenehmen Umständen auf euch trifft.«

»An wessen Beruf? An Ihrem oder an unserem?«, fragte Høyer.

Der Krankenpfleger lachte. »Eins zu null. Das muss gutes Blut gewesen sein, das wir Ihnen gegeben haben.« Er wandte sich an Therkelsen. »Ich hoffe, Sie haben ihn nicht angestrengt. Ihm geht es nicht ganz so gut, wie er glaubt. Wir haben ihm ein paar Liter Blut eingeflößt, aber Sie hätten ihn sehen sollen, als er eingeliefert wurde. Da war er nicht viel wert.«

»Wo ist meine Frau?«, fragte Høyer misstrauisch.

»Sie kommt jeden Moment«, sagte der Krankenpfleger. »Sie muss sich erst ein wenig von dem Schock erholen. Ich glaube fast, dass es ihr schlechter geht als Ihnen. Sie wird gleich hier sein, um Ihnen gute Nacht zu sagen.« Er drehte sich zu Therkelsen um. »Und das sollten Sie auch tun. Høyer braucht Ruhe. Außerdem ist es weit nach Mitternacht und wir versuchen hier, ein anständiges Hotel zu betreiben, sodass …«

»Du solltest wohl auch besser draußen sein, meinst du nicht?«, sagte Høyer.

»Es war wichtiger, mit dir zu reden«, sagte Therkelsen leichthin. »Du hättest ja etwas gehört oder gesehen haben können. Außerdem sind Bach und Larsen und die restliche Mannschaft draußen. Ich bin also entbehrlich.«

»Was hast du jetzt vor?«, fragte Høyer.

»Zum einen werde ich dafür sorgen, dass eine Wache vor deiner Tür aufgestellt wird. Wir wollen schließlich nicht riskieren, dass er es hier noch einmal versucht«, sagte Therkelsen finster. »Und zum anderen werde ich Kim René aufspüren, und wenn ich ihn mit meinen eigenen Händen aus dem Erdboden ausgraben muss. Das kann nur er gewesen sein.«

»Das meinst du jetzt nicht ernst, oder?«, sagte Høyer.

»Und du?«, fragte Therkelsen.

Høyer versuchte mit den Schultern zu zucken, ließ es aber. »Es mag so aussehen, als hättest du Recht, ja.« Er nickte müde oder nachdenklich. »Als hättest du die ganze

Zeit Recht gehabt. Aber darüber sprechen wir morgen ausführlicher.«

Therkelsen hatte wieder das Gefühl, dass Høyer nicht ganz klar im Kopf war.

Er sah ihn an, dann schüttelte er den Kopf. In einem Punkt hatte Høyer zumindest Recht: Das hier musste bis morgen warten.

Der tanzende Derwisch begleitete Therkelsen auf den Gang hinaus.

»Wie geht es ihm?«, fragte Therkelsen, sobald sich die Tür hinter ihnen geschlossen hatte. »Ich will die Wahrheit hören.«

Der Krankenpfleger lächelte. »Es geht ihm fast so gut, wie er glaubt. Jedenfalls im Moment. Er hat, kurz nachdem er eingeliefert wurde, eine Spritze bekommen. Ich denke, das hat man gemerkt, oder?«

»Das habe ich mir schon gedacht«, sagte Therkelsen.

»Wenn die Wirkung nachlässt, geht es ihm möglicherweise nicht mehr ganz so gut«, fuhr der Krankenpfleger fort. »Aber er hält offensichtlich etwas aus und die Wunde ist wirklich vollkommen ungefährlich, wenn man einmal davon absieht, dass sie stark geblutet hat. Es spricht also nichts dagegen, dass er morgen entlassen wird, beziehungsweise heute, wenn er darauf besteht.«

»Das wird er«, Therkelsen lächelte schief. »Da können Sie ganz sicher sein.«

»Warten wir erst einmal ab, wie es ihm geht, wenn er aufwacht.«

Therkelsen sah zur Tür hin, hinter der Høyer lag. »Das war ein Schock«, sagte er. »Und kein so kleiner, auch wenn ich in gewisser Weise darauf vorbereitet war.«

Der andere nickte. »Es hat mich übrigens gewundert,

dass ihr offenbar nichts unternommen habt, um ihn zu schützen. Ich habe im Radio und im Fernsehen von den Gerüchten gehört, dass der Typ, der neulich eingeliefert wurde, irrtümlich erschossen worden ist. Ich wusste, dass Høyer neben ihm gestanden hatte, und da war es nicht schwer, zwei und zwei zusammenzuzählen.«

»Stimmt«, Therkelsen zuckte resigniert mit den Schultern. »Aber das waren eben nur Gerüchte und die Sache war so, dass Høyer selbst nicht daran geglaubt hat, deshalb haben wir keine Vorkehrungen getroffen.«

»Aha«, sagte der tanzende Derwisch und hob die schwarzen Augenbrauen. »Das erklärt natürlich einiges. Aber jetzt müsste er doch überzeugt sein.«

»Das sollte man zumindest meinen.« Therkelsen schielte zu der Tür hin. »Aber ich weiß ehrlich gesagt nicht, ob er es begriffen hat. Ich bezweifle es.«

»Was will er denn noch? Dass man ihm den Kopf wegbläst?«

»Vermutlich«, antwortete Therkelsen. »Aber das wird nicht passieren, solange ich da bin. Ich werde einen Mann vor seine Tür abkommandieren, bis er entlassen wird und die Dinge – hoffentlich – ein bisschen realistischer sieht. Sie haben doch nichts dagegen, oder?«

»Nein, ganz im Gegenteil«, versicherte der andere mit einem breiten Grinsen. »Das ist sogar ganz ausgezeichnet. Uns fehlt es immer an Personal.«

Therkelsen nahm den Fahrstuhl in die Halle hinunter und ging zur Tür. Dann änderte er seine Meinung, machte kehrt und steuerte auf die Telefonzellen zu. Er wollte diesen Ort nicht verlassen, bevor er sich versichert hatte, dass Høyer einen Schutzengel bekam.

Bei dem Kaffeeautomaten stand ein junger Mann in

Jeans und T-Shirt. Therkelsen sah ihn verstohlen an, während er den Hörer abnahm und eine Nummer wählte.

Der Typ hob den Arm, warf ein paar Münzen in den Automaten und verschränkte die Arme vor dem Körper, während er wartete, dass der Becher herunterfiel und voll lief.

Therkelsen war dem Arm mit den Augen gefolgt. Sah, wie er sich hob und wieder senkte und auf dem anderen zur Ruhe kam. Einem kräftigen, sonnengebräunten Arm mit einer Tätowierung.

Der Groschen fiel in dem Augenblick, in dem eine Stimme am anderen Ende sagte: »Polizei!«

Therkelsen knallte den Hörer auf die Gabel. Er war mit Riesenschritten bei dem Typen und legte ihm die Hand schwer auf die Schulter, gerade als der sich hinunterbeugte, um den Pappbecher aus dem Automaten zu nehmen.

»Na, Kim René, hier versteckst du dich also! Darf man fragen, was du hier machst?«

Der Typ drehte sich verdattert um, der Becher schwankte gefährlich in seiner Hand und ein Spritzer warmer Bouillon landete auf seiner Jeans.

Es *war* Kim René, daran bestand kein Zweifel.

Er sah Therkelsen fragend an, ohne das geringste Zeichen des Wiedererkennens. »Ich ... ich verstecke mich nicht«, sagte er. »Die Krankenschwester hat gesagt, dass es noch dauert, deshalb bin ich ...« Sein Gesicht wurde plötzlich bleich und er griff Therkelsen am Arm. »Es ist doch ..., es ist doch nichts passiert?«

Therkelsen hörte kaum, was er sagte. Er schüttelte ihn hart an der Schulter. »Nichts passiert!«, schrie er. »Doch, und ob. Høyer ist angeschossen worden und das weißt du ganz genau, du Mistkerl!«

Der andere sah ihn verwirrt an, offensichtlich verstand er kein Wort.

»Ja, aber meine Frau?«, flüsterte er mit bleichen Lippen. Er sah aus, als würde er gleich in Tränen ausbrechen. »Was ist mit meiner Frau?«

Mit einem Kraftakt kam Therkelsen wieder zur Besinnung. Erst jetzt drangen die Worte des anderen langsam in sein Bewusstsein vor. Er verstärkte den Griff an Kim Renés Schulter, er brauchte etwas, woran er sich festzuhalten konnte. Seine Frau! Therkelsen kam sich wie ein Fallschirmspringer vor, der aus einem Flugzeug springt und auf halbem Weg entdeckt, dass er den Fallschirm vergessen hat.

»Mit deiner Frau?«, rief er. »Was ist mit deiner Frau?«

»Aber sind Sie nicht wegen ihr …? Was wollen Sie dann? Ich will wissen, ob ihr etwas passiert ist!«

Therkelsen sah ihn an. Langsam lockerte er seinen Griff.

»Was machen Sie hier im Krankenhaus?«, fragte er. Seine Stimme war jetzt ruhig und gedämpft.

Kim René strich sich das halblange Haar aus dem Gesicht. Therkelsen sah kurz die blaue Tätowierung. War das alles, was von dem Rocker Kim René übrig geblieben war? Offenbar. Der Typ, der hier vor ihm stand, glich einem ganz gewöhnlichen jungen Mann mit halblangen dunklen Haaren, Jeans, T-Shirt und Turnschuhen, genau wie tausend andere auch. Da gab es keine Lederjacke mit Emblem und keine Stiefel, sondern nur eine Tätowierung auf dem rechten Arm.

»Ich bin wegen meiner Frau hier«, antwortete Kim René. »Sie ist schwanger, im achten Monat. Sie ist krank geworden, hatte Blutungen und sie haben gesagt, dass …

sie sie operieren müssen, aber … sie haben gesagt, dass es das Beste ist, wenn ich bleibe, weil …« Er atmete tief durch. »Vielleicht schafft sie es nicht«, schloss er und sah wieder aus, als sei er kurz davor, in Tränen auszubrechen.

Therkelsen drehte sich zu dem Automaten um, holte ein paar Münzen aus der Tasche und zog einen frischen Becher Bouillon.

»Hier«, sagte er und reichte ihn Kim René. »Nehmen Sie den.«

Der andere sah von dem Becher zu Therkelsen, dann streckte er langsam die Hand aus und griff nach dem Becher. »Wer sind Sie eigentlich?«, fragte er. »Sie sind kein Arzt, oder?«

Therkelsen schüttelte den Kopf. »Nein«, sagte er. »Ich bin kein Arzt. Aber wir können zusammen hochfahren. Ihre Frau liegt auf der Entbindungsstation, nicht?«

»Ja.«

»Dann sollten wir da jetzt zusammen hingehen«, sagte Therkelsen. »Nur zur Sicherheit.«

Therkelsen fuhr tief in Gedanken versunken zurück zu Høyers Haus. Kim René hatte die Wahrheit gesagt. Seine Frau lag wirklich auf der Entbindungsstation, wo die Ärzte verzweifelt um ihr Leben und das des Ungeborenen kämpften.

»Wie lange wohnen Sie schon hier?«, hatte Therkelsen gefragt, nachdem er sich versichert hatte, dass Kim Renés Geschichte stimmte.

»Erst drei Monate«, hatte Kim René geantwortet. »Das Mädchen ist von hier. Wir wohnen draußen auf dem Land. Auf einem alten Bauernhof.«

»Und wovon leben Sie?«

»Ihr Vater hat einen Maschinenverleih und ihm fehlte ein Mann. Und ich war gerade da.«

»Hätten Sie sich nicht ummelden müssen?«

»Ach, hören Sie auf. Sie wollen doch nicht behaupten, dass Sie mir an den Kragen gegangen sind, weil ich mich nicht umgemeldet habe.« Kim René hatte ihn ungläubig angesehen. Er hatte schließlich herausgefunden, wer und was Therkelsen war. Ohne dass ihn das sehr viel klüger gemacht hatte.

»Doch, in gewisser Weise schon«, sagte Therkelsen. »Eigentlich bin ich Ihnen genau deshalb an den Kragen gegangen. Sie sollten es also lieber nachholen.«

Kim René hatte ihm kopfschüttelnd nachgesehen, als er gegangen war.

Polizisten auf die Leute anzusetzen, nur weil sie nicht gleich ein paar Formulare ausgefüllt hatten, das war ihm eine Nummer zu hoch. Und das mitten in der Nacht!

Kim René sollte glauben, was er wollte, dachte Therkelsen. Er war ohnehin aus dem Rennen. Genau wie der Otter und Tryne-Bent. Aber wer war es dann gewesen?

Wer nährte Høyer gegenüber einen solchen Hass, dass er zweimal versucht hatte, ihn umzubringen?

Und warum war Høyer so aufgedreht gewesen, fast euphorisch?

Was wusste er, was die anderen nicht wussten?

Das Aufgebot an Polizeibeamten war noch immer groß, als Therkelsen in der Nähe von Høyers Haus parkte. Bach sah ihn von Weitem und machte eine fragende Geste.

Therkelsen hob den Daumen und lächelte ihn breit an.

»Wunderbar, was für eine Erleichterung«, rief Bach, als Therkelsen bei ihm angekommen war. »Ich hatte schon

Angst, dass ... du weißt schon ... die Kollegen, die zuerst hier waren, haben gesagt, dass er furchtbar ausgesehen hat.«

»Das hat er bestimmt auch«, meinte Therkelsen. »Høyer hat selbst gesagt, dass er geblutet hat wie ein abgestochenes Schwein, und er hat sogar eine Bluttransfusion bekommen, aber die Wunde ist nur oberflächlich. Eine hässliche Fleischwunde, aber vollkommen ungefährlich, soweit ich das verstanden habe. Er selbst war jedenfalls äußert verärgert, dass sie ihn nicht gleich wieder nach Hause geschickt haben, aber er rechnet fest damit, im Laufe des Vormittags entlassen zu werden, nachdem der Oberarzt ihn sich angeguckt hat.«

»Das will ich sehen, bevor ich es glaube«, rief Bach.

»Mich würde es nicht wundern«, Therkelsen lachte leicht. »Du kennst ihn doch und er war ganz obenauf. Fast schon ein bisschen überdreht.«

»Vielleicht wegen des Schocks«, meinte Bach.

»Nein, dann schon eher wegen des Morphiums«, sagte Therkelsen. »Er wirkte überhaupt nicht geschockt.« Er dachte kurz nach. »Ich würde eher sagen, im Gegenteil. Er machte den Eindruck, als passte alles sehr gut zu seiner Theorie. Als hätte er geradezu darauf gewartet, angeschossen zu werden. Aber wie viel von dem, was er gesagt hat, wirklich ernst zu nehmen ist, weiß ich nicht. Zwischendurch schien er nicht ganz klar. Wie läuft es hier? Habt ihr etwas gefunden?«

»Nichts, das uns wirklich weiterhilft«, sagte Bach. »Komm mit.«

Die Straße wirkte seltsam belebt angesichts der späten Stunde. Leute standen in kleinen Grüppchen auf dem Bürgersteig oder in ihren Einfahrten und sprachen gedämpft miteinander, während sie zu dem Haus herübersahen. Die meisten waren nur notdürftig bekleidet, aber die Nacht war noch immer lau.

»Habt ihr mit ihnen gesprochen?«, fragte Therkelsen und nickte in Richtung der Zuschauer.

»Ja, mit den meisten«, sagte Bach. »Das hier sind alles Einfamilienhäuser, sodass die Sache überschaubar ist, aber bis jetzt …«

»… hat niemand etwas gesehen oder gehört«, beendete Therkelsen den Satz mit einem kleinen Seufzer.

»Genau«, sagte Bach. »Woher weißt du das?«

»Ich erlebe das nicht zum ersten Mal«, lachte Therkelsen. »Aber ich bin jedes Mal aufs Neue enttäuscht.«

»Wir müssen hier entlang«, sagte Bach überflüssigerweise, denn das ganze hintere Wegstück war von Scheinwerfern beleuchtet.

»Høyer dreht durch, wenn sie seinen Garten ruinieren«, warnte Therkelsen.

Er sah, dass sich die Techniker zwischen den Büschen zu schaffen machten.

»Das tun sie schon«, sagte Bach. »Sie trampeln herum wie eine Horde Elefanten. Aber heute Abend begnügen wir uns damit, diese Ecke abzusuchen. Und den Balkon natürlich. Der Rest bleibt abgesperrt, bis es hell wird, dann nehmen wir ihn uns vor.« Bach blieb stehen. »Wir gehen davon aus, dass der Schütze hier gestanden hat«, sagte er. »Alles deutet darauf hin.«

»Er hat von hier aus geschossen?«, fragte Therkelsen, während er die Entfernung mit den Augen abschätzte.

»Ja.«

»Wie viele Schüsse hat er abgefeuert?«

»Nur einen«, antwortete Bach. »Das steht absolut fest.«

»Hmm«, brummte Therkelsen. Auf die kurze Entfernung dürfte ein Schuss auch ausreichen. Es war das reinste Glück, dass es nicht schlimmer ausgegangen war.

Bach zeigte zum Balkon hoch. »Du kannst dir vorstellen, was der Täter von hier aus gesehen hat. Høyer stand bei voller Beleuchtung direkt in der Tür. Er war einfach das perfekte Ziel und dazu groß wie ein Haus, verdammt! Wenn er wirklich damit gerechnet hat, dass jemand auf ihn schießen würde, konnte er sich nicht besser platzieren. Ich weiß zwar nicht, was er sich gedacht hat, aber du kannst davon ausgehen, dass er jedenfalls nicht auf die Idee gekommen ist, dass ihm jemand in seinem eigenen Hintergarten auflauern würde. So verrückt ist er nun auch wieder nicht.«

»Weiß der Himmel!«, murmelte Therkelsen. »Es ist eigentlich unverständlich, warum der Typ auf diese Entfernung nicht richtig getroffen hat. Wie weit ist das? Dreißig Meter?«

»Dein Augenmaß ist gar nicht schlecht«, sagte Bach beifällig. »Es sind zweiunddreißig Meter. Aber natürlich ist eine Pistole keine Präzisionswaffe.«

»Eine Pistole?« Therkelsen drehte sich überrascht zu ihm um. »Bist du sicher, dass es eine Pistole war?«

»Völlig. Wir haben das Projektil auf dem Balkon gefunden.«

»Warum hat er eine Pistole benutzt?«

Bach zuckte mit den Schultern. »Das Gewehr hat er ja letztes Mal zurückgelassen und vielleicht ist er an kein neues herangekommen.«

»Das klingt wenig wahrscheinlich«, meinte Therkelsen. »Er hat wohl eher seine Schießkünste überschätzt.«

»So schlecht war er nun auch wieder nicht«, sagte Bach.

»Er hat ihn immerhin getroffen. Und das fast tödlich. Aber es wundert einen schon, dass er sich mit so einer Knallbüchse begnügt hat.«

»Welches Kaliber?«

»38.«

»Donnerwetter. Ich finde, da kommt immer mehr zusammen, was ich nicht verstehe.«

»Was denn noch?«

»Zum einen Høyer selbst, aber okay, das kann an dem Morphium liegen oder an dem Blutverlust oder was weiß ich. Aber da ist auch noch Kim René.«

»Kim René?«, Bach sah ihn fragend an.

»Ja, das habe ich noch gar nicht erzählt. Ich habe mit Kim René gesprochen.«

»Was hast du? Ist er aufgetaucht? Wer hat ihn festgenommen?«

Therkelsen lächelte schief.

»Er ist aufgetaucht, ja. Aber er ist nicht festgenommen worden. Ich habe ihn vor weniger als einer Stunde ganz zufällig im Krankenhaus getroffen. Nein, das stimmt nicht. Es ist länger als eine Stunde her. Er bekommt ein Kind.«

»Nochmal«, bat Bach. »Das habe ich jetzt nicht richtig mitbekommen. Du hast gesagt, dass er … nein, hier hören wir jetzt besser auf.«

»Seine Frau, meine ich.«

Therkelsen informierte Bach mit wenigen Worten über Kim Renés Geschichte.

»Und die ist bestätigt worden?«, fragte Bach.

»Ja, von mehreren Krankenschwestern. Dienstag war er auf der Arbeit, hat er gesagt. Ich habe den Schwiegervater angerufen, der diesen Teil der Geschichte bestätigt hat.

Der Typ hat mit der Sache nichts zu tun. Er lebt jetzt ein geregeltes Leben auf dem Land. Mit Frau, Kind und einer festen Arbeit. Das hier ist ihr zweites Kind. Man sollte es nicht für möglich halten, aber hin und wieder geschehen wohl doch noch Wunder. Ich hätte nicht im Traum daran gedacht, dass ich ihm einmal tröstend auf die Schulter klopfen und versichern würde, dass schon alles gut gehen wird, aber das habe ich.«

»Und, wird es gut gehen?«, fragte Bach.

»Was meinst du? Ach, das mit der Frau und dem Kind. Ich weiß es nicht. Es sah nicht allzu gut aus. Aber das geht mich eigentlich auch nichts an. Es gibt Grenzen, wie weit man sich gefühlsmäßig involvieren lassen darf. Høyer hat mir für diesen Abend gereicht, meinst du nicht?«

»Ja, da hast du Recht. Aber das heißt demnach, dass wir alle drei von unserer Liste streichen können.«

»Akkurat, wie Høyer sagen würde.«

»Und jetzt? Ich wüsste nicht, wer sonst noch infrage kommen könnte«, sagte Bach nachdenklich. »Ich habe während der letzten Tage öfter darüber nachgedacht. Theoretisch könnten wir jemanden vergessen haben, aber ich bin überzeugt, dass das nicht der Fall ist.«

»Nein, was die Möglichkeiten zweifellos gewaltig erweitert«, sagte Therkelsen. »In Wirklichkeit kann es jeder x-Beliebige gewesen sein. Jeder x-Beliebige, der verrückt genug ist.«

Bach strich sich nachdenklich über das Kinn.

»Ich könnte fast Høyers Theorie zustimmen, dass der Täter es wirklich auf den Indianer abgesehen hatte. Wenn er nicht …«

»Genau. Wenn er ihn heute Abend nicht beinahe erwischt hätte.« Therkelsen nickte. »Und das wirft die Frage auf, ob er es nach den beiden Fehlschlägen noch einmal versucht.«

»Bestimmt«, antwortete Bach nach einer kurzen Bedenkzeit. »Das wird er bestimmt. Der Typ muss verrückt sein, deshalb wird er es noch einmal versuchen. Früher oder später.«

»Ja«, Therkelsen seufzte. »Der Meinung bin ich auch. Hoffen wir also auf früher. Besser, wir sehen gleich der Tatsache ins Auge, dass wir Høyer nicht für den Rest seines Lebens unter Bewachung stellen können.«

Als Therkelsen viele Stunden später nach Hause fuhr, tauchte die Frage wieder in seinem Kopf auf.

Wer hatte es auf Høyer abgesehen? Wer?

8

»Niemand!«, sagte Høyer. »Niemand hat es auf mich abgesehen. Ehrlich gesagt habe ich geglaubt, diese Theorie ad absurdum geführt zu haben.«

Er lächelte sie nachsichtig an.

Høyer war bereits gegen elf entlassen worden und direkt auf die Wache gekommen. Er hatte sich mit einer gewissen Vorsicht hinter seinem Schreibtisch platziert, doch davon einmal abgesehen, sah er fast schon irritierend frisch aus, dachte Therkelsen. Er selbst fühlte sich nach der nahezu schlaflosen Nacht wie durch den Fleischwolf gedreht.

»Niemand?« Bach starrte Høyer wie aus allen Wolken gefallen an.

Er schien der Auffassung, dass der Alte jetzt total verrückt geworden war.

»Niemand«, wiederholte Høyer.

»Jetzt ist es aber gut!«, rief Therkelsen. »Willst du etwa abstreiten, dass letzte Nacht auf dich geschossen worden ist?«

»Natürlich nicht«, antwortete Høyer und griff sich mit einer kleinen Grimasse unwillkürlich in die Seite. »Ich bin schließlich kein Idiot.«

»Darüber könnte man diskutieren«, sagte Therkelsen. »Aber wenigstens streitest du nicht ab, dass auf dich geschossen wurde.«

»Nein, aber – notabene – bin ich nicht tot.«

»Nein, und deshalb wird er es sicher noch einmal versuchen«, sagte Bach.

»Das kann ich mir nicht vorstellen«, sagte Høyer. »Der Zweck ist doch erfüllt.«

»Wie meinst du das?«, fragte Therkelsen. »Der Zweck war doch wohl, brutal gesagt, dich umzubringen. Er hat es zweimal erfolglos versucht, aber aller guten Dinge sind drei, und du kannst nicht erwarten, beim dritten Mal ebenso viel Glück zu haben.«

»Es wird kein drittes Mal geben«, sagte Høyer bestimmt. »Und ich hatte nicht die Spur Glück, ganz im Gegenteil, es war das reinste Pech, dass ich überhaupt getroffen wurde. Ich bin überzeugt, dass das nicht beabsichtigt war.«

Therkelsen und Bach starrten ihn verständnislos an.

»Sag mal, glaubst du nicht auch, dass es besser ist, wenn du noch ein paar Tage im Bett bleibst?«, schlug Therkelsen vor. »Du redest irre.«

»Überhaupt nicht«, protestierte Høyer. »Ich war selten so klar. Seht ihr das denn nicht? Natürlich war es unumgänglich, dass auf mich geschossen wurde. Was glaubt ihr wohl, warum ich mich wie ein Bär in einer Schießbude platziert habe? Aber vermutlich sollte mich der Schuss nur leicht streifen. Jedenfalls habe ich, nachdem die Geschichte, dass in Wirklichkeit ich beim ersten Mal das Opfer hätte sein sollen, an die Öffentlichkeit gedrungen war, etwas in der Richtung erwartet.«

»Du meinst also, dass man auf dich geschossen hat, um diese Theorie zu untermauern?«, fragte Bach und sah Høyer neugierig an.

»Akkurat«, sagte Høyer. »Solange wir diese Theorie verfolgen, lenkt das die Aufmerksamkeit von dem Eigentlichen ab, und das Eigentliche ist der Mord an dem Indianer. Daran habe ich nicht einen Augenblick gezweifelt.«

»War es nicht leichtsinnig, auf dich zu schießen?«, fragte Therkelsen, der nur langsam seine Fassung wiedergewann.

»Sehr leichtsinnig«, sagte Høyer trocken. »Sie hätten mich umbringen können, die Idioten. Aber davon einmal abgesehen, war es, von ihrem Standpunkt aus gesehen, äußerst vernünftig – wenn wir auf ihr Manöver hereingefallen wären.«

Bach sah ihn noch immer forschend an. »Du hast dem Bengnaveren also absichtlich diese Information zukommen lassen«, stellte er fest.

»Ja, sicher«, sagte Høyer. »Er kam wie gerufen. Er verfügt über genug Fantasie und Kombinationsfähigkeit, sodass mir klar war, dass er genau die Geschichte aus der Information machen würde, die wir haben wollten.«

»Die du haben wolltest«, wandte Therkelsen ein. »Ich verstehe immer noch nicht, was du dir dabei gedacht hast.«

»Das war vielleicht auch nicht so leicht zu durchschauen«, räumte Høyer ein. »In Wirklichkeit war es ein Versuchsballon, aber es hat funktioniert und jetzt sind wir ein gut Teil klüger.« Er nickte ein paarmal. »Ja, ein gut Teil klüger und genau darauf habe ich gehofft.«

»Für mich sprichst du noch immer in Rätseln«, seufzte Therkelsen. »Wahrscheinlich bin ich derjenige, der ein paar Stunden Bettruhe braucht. Ich kann dir einfach nicht folgen.«

»Du solltest dich anschießen lassen«, lachte Høyer. »Das hilft den kleinen grauen Zellen auf die Beine.«

»Dazu bin ich zu feige«, sagte Therkelsen. »Ich verfüge nicht über deinen Fettpanzer. Deshalb wirst du mir schon erklären müssen, inwieweit wir klüger geworden sind.«

»Soweit ich sehe, besteht kein Zweifel, dass wir hier in Dänemark nach den Hintermännern des Indianers suchen müssen«, erklärte Høyer. »Das ist jetzt klar. Nach heute Nacht. Diese Leute müssen die Nachrichten in der dänischen Presse und dem dänischen Fernsehen verfolgen, sonst hätten sie nicht auf mich geschossen. Der Mord selbst wurde vielleicht von einem Ausländer verübt, aber der Hintermann beziehungsweise die Hintermänner, die den Mord in Auftrag gegeben haben, sind mit Sicherheit Dänen. Leute, die Geld in irgendein lichtscheues Geschäft gesteckt haben und die der Indianer betrogen hat oder versucht hat zu betrügen.«

»Macht es das leichter für uns, dass es sich um Dänen handelt?«, fragte Therkelsen.

Høyer zuckte mit den Schultern. »Nicht notwendigerweise, aber ich glaube schon. Denk nur mal daran, wie … exklusiv er war. Mit wie wenigen Menschen er im Grunde genommen verkehrt hat. Jetzt, wo wir wissen, dass der Indianer der Ausgangspunkt ist, können wir von dieser Information aus in verschiedene Richtungen ermitteln und irgendetwas wird dabei auftauchen.«

»Hmm«, sagte Therkelsen.

»Bist du noch immer nicht überzeugt?«, fragte Høyer.

»Was du sagst, klingt überzeugend«, sagte Therkelsen. »Aber trotzdem.«

Høyer lachte. »Dir hat die Idee also gefallen, dass irgendjemand herumschleicht und auf eine Gelegenheit wartet, mir das Lebenslicht auszublasen, was? Das kannst du vergessen, das ist Wunschdenken.«

»Okay«, sagte Bach. »Ich gebe dir Recht, Høyer. Nach genauerem Nachdenken. Im Übrigen ist das ja auch unsere offizielle Theorie, ist es immer gewesen. Aber wir wissen noch immer nicht, womit sich der Indianer wirklich beschäftigt hat. Auch wenn Drogen am wahrscheinlichsten sind.«

»Ja, das stimmt«, sagte Høyer. »Aber er ist wahnsinnig vorsichtig gewesen. Die Schweizer Polizei hat absolut nichts gegen ihn vorliegen. Für sie ist er ein solider Geschäftsmann, über jeden Verdacht, in etwas Ungesetzliches verwickelt zu sein, erhaben.« Er holte den Pass des Indianers aus dem Schreibtisch. »Auch seine vielen Reisen um die ganze Welt sind, in diesem Lichte betrachtet, völlig legitim.«

»Ich beuge mich der Mehrheit«, sagte Therkelsen. »Gehen wir also davon aus, dass wir wieder am Ausgangspunkt stehen, das heißt bei dem Indianer, aber das eröffnet nicht viele Perspektiven.«

»Einige schon«, meinte Høyer. »Ich bin zum Beispiel nicht abgeneigt zu glauben, dass der Bruder mehr über seine Ruhmestaten weiß, als er zugibt. Er musste schließlich einräumen, dass der Indianer ihn besucht hat, auch wenn er behauptet, dass er nur wenige Minuten bei ihm war und sie über nichts von Bedeutung gesprochen haben. Aber ich bin mir ziemlich sicher, dass er eine Ahnung hat, was vor sich ging. Das Problem ist nur, ihn zum Reden zu bringen. Und dann ist da Grete Krag. Sie stand über all die Jahre mit dem Indianer in Verbindung, sodass eine nicht unbeträchtliche Chance besteht, dass sie uns etwas erzählen kann.«

»Sie hat übrigens angerufen, kurz bevor du aufgetaucht bist«, unterbrach Therkelsen. »Frau Greve hat sie gebeten, sich sofort bei uns zu melden, wenn sie wieder zu Hause ist, und das hat sie getan. Sie erwartet uns zwischen eins und zwei.«

Høyer sah auf die Uhr. »Gut, sollten wir dann nicht zu ihr rausfahren?«

Er beugte sich vor, stützte sich mit beiden Händen auf dem Schreibtisch ab und kam mit Mühe aus dem Stuhl hoch.

»Bist du sicher, dass du das schaffst?«, fragte Therkelsen besorgt.

»Natürlich schaffe ich das«, sagte Høyer gereizt. »Nur beim Hinsetzen und Aufstehen tut es weh. Und wenn ich lache«, fügte er mit einem schiefen Lächeln hinzu. »Du musst mit rausfahren, Therkelsen. Vielleicht brauche ich einen Geburtshelfer.«

»Sehr witzig«, sagte Therkelsen. »Ich denke, auch Kim René wäre heute Nacht gut ohne mich ausgekommen.« Er stand auf. »Wenn es nur nicht so verdammt heiß wäre.«

Gerade als Høyer und Therkelsen sich zum Gehen bereitmachen wollten, klopfte es und Larsen kam herein. Er schloss die Tür hinter sich und blickte dabei über die Schulter zurück, als würde er verfolgt.

Er zeigte mit dem Daumen nach hinten und murmelte wie ein Souffleur im Theater: »Therkelsen, da draußen ist so ein verrücktes Frauenzimmer, das nach dir fragt. Feuerrotes Haar, türkisfarbener Hosenanzug, sagt dir das was? Sie sieht fast aus, als wollte sie dich in einer Vaterschaftssache drankriegen. Vielleicht sollte ich ihr besser sagen, dass du auf die Färöer gezogen bist.«

Therkelsen lachte. »Das ist nicht nötig, sie kann keine Kinder bekommen, du kannst sie also ruhig hereinlassen.« Er drehte sich zu Høyer um. »Das muss die Schwester des Indianers sein. Jetzt könnt ihr euch selbst davon überzeugen, dass ich nicht übertrieben habe.«

Larsen ging zur Tür. »Da ist übrigens noch etwas. Die dänischen Passagiere in dem Flugzeug, mit dem der Indianer gekommen ist.«

»Ja, was ist mit denen?«, fragte Høyer interessiert.

»Einer von ihnen sieht interessant aus, sagen sie in Kopenhagen. Carsten Jensen heißt er. Zwei bewaffnete Raubüberfälle gehen auf sein Konto sowie ein missglückter Bankraub und verschiedene kleinere Sachen. Sie schicken uns die Unterlagen rüber.«

»Ha!«, rief Høyer. »Und wo ist er jetzt?«

Larsen machte eine ausladende Handbewegung. »Weg. Wie vom Erdboden verschluckt.« Er legte die Hand auf die Klinke. »Soll ich die Dame nun hereinschicken oder nicht?«

»Ja, ja«, sagte Therkelsen. »Oder?« Er sah Høyer an.

»Natürlich«, sage Høyer. »Ich bin ganz wild darauf, sie kennen zu lernen.«

Er sah sie interessiert an, als sie das Büro betrat, und wunderte sich darüber, dass drei Geschwister so verschieden sein konnten wie der Indianer, sein Bruder und seine Schwester.

Die Frau lächelte sie unsicher an und wandte sich dann an Therkelsen.

»Entschuldigung«, sagte sie. »Es handelt sich eigentlich nur um eine Bagatelle, es geht um die Sachen meines Bruders, ich meine, um sein persönliches Eigentum, Sie verstehen?«

Therkelsen sah sie fragend an. »Das haben Sie doch bekommen, oder?«

»Doch, das habe ich, aber ich habe mich etwas gewundert. Ich meine, war das alles?«

»Ja«, sagte Therkelsen. »Sonst war da nichts.«

»Vielleicht haben die im Krankenhaus … er hat immer eine Halskette getragen und die war nicht dabei, deshalb habe ich gedacht, dass …«

Sie hielt inne und machte eine kleine oder auch resignierte Handbewegung.

Høyer hatte sie nicht aus den Augen gelassen. Drogensüchtig, dachte er. Drogen oder Tabletten oder Alkohol.

»Sie haben alles bekommen, was uns das Krankenhaus übergeben hat«, sagte Therkelsen. »Und ich …«

»Ihr Bruder trug an dem Tag keine Halskette«, unterbrach ihn Høyer. »Da bin ich mir ganz sicher. Es war warm und sein Hemd stand offen und außerdem wäre mir das nach dem Mord aufgefallen. Nein, da war keine Kette, da bin ich mir ganz sicher.«

Sie biss sich auf die Lippe. »Das ist merkwürdig. Ich hatte sie ihm zum Abitur geschenkt. Eine Glückskette. Er hat sie immer getragen, als eine Art Maskottchen. Wenn er sie an dem Tag getragen hätte, dann …« Das Lächeln flammte auf und erlosch wieder.

»Er kann sie vor langer Zeit verloren haben«, sagte Therkelsen. »Ist Ihnen aufgefallen, ob er sie an dem Abend neulich noch hatte?«

»An dem Abend neulich?«, wiederholte sie fragend und runzelte die Brauen. »Ach so, am Dienstag? Nein, nein, das ist es nicht … er hatte … da hatte er … nein, es ist mir nicht aufgefallen.« Sie seufzte leise und zuckte mit den Schultern. »Sie haben Recht. Er muss sie verloren haben.«

Høyer klopfte mit den Fingerspitzen auf den Tisch und zog die Augenbrauen hoch.

Therkelsen verstand: Sehen wir, dass wir loskommen. Sehen wir, dass wir sie loswerden.

»Ja, wenn das alles war«, begann er. »Wir waren eigentlich auf dem Weg nach draußen.«

»Oh, entschuldigen Sie, dass ich gestört habe«, sagte sie. Sie drehte sich zu Høyer um. »Sagen Sie, sind Sie nicht der, der ... Ich habe im Radio gehört, dass man auf Sie geschossen hat.«

»Ja, aber ich wurde nicht lebensgefährlich verletzt«, sagte Høyer ernst.

»Nein«, sagte sie geistesabwesend. »Nein, offensichtlich nicht. Aber trotzdem, dann müssen Sie doch der sein, der ... Ich wundere mich, dass Sie sich noch trauen, in der Stadt herumzulaufen.«

»Eigentlich traue ich mich auch nicht«, sagte Høyer. »Jedenfalls nicht ohne Begleitung.«

»Gut, dass Ihnen nichts Ernstes passiert ist«, sagte sie und lächelte ihn zaghaft an. »Aber ...«, sie beendete den Satz nicht. Es schien, als hätte sie vergessen, dass sie ihn angefangen hatte.

Høyer und Therkelsen begleiteten sie den Gang und die Treppe hinunter. Als sie sich dem Ausgang näherten, ging die Tür auf und zwei Polizisten kamen herein, jeder von ihnen mit einem Schäferhund an der Leine.

Tania Jacobsen stieß einen erschrockenen Schrei aus und verschwand blitzartig hinter Høyers breitem Rücken.

»Entschuldigung«, sagte sie, als die Hunde vorbei waren. »Entschuldigen Sie bitte, aber ich bekomme Panik vor diesen Hunden.« Ihre Lippen bebten und sie zitterte am ganzen Körper. »Ich weiß, das ist idiotisch. Mäuse und Schlangen und Spinnen machen mir nichts, aber Schäferhunde ...« Sie schauderte.

»Sind Sie als Kind einmal gebissen worden?«, fragte Høyer freundlich, während er die Tür öffnete.

»Ja, genau. Von einem Schäferhund. Ich habe auch nur vor Schäferhunden Angst. Es ist nicht einmal ihre Größe, denn wir hatten selbst einen irischen Wolfshund. Den habe ich über alles geliebt, aber irgendwann wurde er sehr krank, sodass wir ihn schließlich einschläfern lassen mussten. Ich habe tagelang geweint. Das ist so furchtbar, so etwas, nicht?«

»Ja«, sagte Høyer. »Schrecklich. Das ist wirklich schrecklich.«

Therkelsen schielte zu ihm hin. Høyer besaß die spezielle Fähigkeit, all diesen verrückten Individuen nach dem Mund zu reden, dachte er. Ohne auch nur eine Miene zu verziehen.

Er und Høyer blieben stehen und sahen der Frau einen Moment lang nach, als sie zu ihrem weißen Jaguar ging.

»Und, was sagst du?«, fragte Therkelsen.

Høyer nickte nachdenklich. »Du hast Recht, sie ist ziemlich speziell. Mit Sicherheit ebenso speziell wie ihre Brüder.«

»Was glaubst du? Trinkt sie oder nimmt sie Drogen?«

»Beides, denke ich«, sagte Høyer. »Sie roch nach Schnaps, das konnte auch das Parfüm nicht überdecken, auch wenn es ziemlich intensiv war.«

»Wäre es denkbar, dass ihr Bruder sie damit versorgt hat?«

»Das wäre zumindest nicht ausgeschlossen.«

»Ich hoffe, Grete Krag macht einen normaleren Eindruck«, sagte Therkelsen. »Noch eine von der Art ist mehr, als ich am Ende der Woche verkraften kann.«

Høyer lachte. »Mach dir keine allzu großen Hoffnungen. Zum einen ist sie Juristin und zum anderen war sie jahrelang mit dem Indianer befreundet.«

Grete Krag sah zumindest völlig normal aus, stellten sie eine Viertelstunde später fest. Fast zu normal.

Sie trug einen glatten weißen Rock, eine hellblaue Hemdbluse mit kurzen Ärmeln und Brusttaschen und flache braune Sandalen. Das hellblonde Haar war kurz geschnitten und das Gesicht darunter rosig und sauber geschrubbt.

Eine richtig gesunde Pfadfinderin, dachte Høyer. Von den Haaren bis zu den muskulösen Beinen. Aber sie hatte ein schönes Lächeln und eine angenehme Stimme.

»Kommen Sie herein«, sagte sie und öffnete gastfreundlich die Tür. »Wie wäre es mit einem Glas Weißwein? Wir können uns auf den Balkon setzen, drinnen ist es nicht zum Aushalten. Der Weißwein ist kalt, aber vielleicht wollen Sie ja lieber einen Whisky on the rocks?«

Sie lächelte, als würde sie sich über irgendeinen privaten Scherz amüsieren.

»Nein, danke«, sagte Høyer. »Weißwein ist gut, obwohl wir ...«

Sie unterbrach ihn. »Obwohl Sie im Dienst nicht trinken dürfen und so weiter. Das weiß ich. Aber bei dieser Hitze gilt die Regel nicht. Außerdem ist es ein sehr leichter Wein. Ich hole Gläser, setzten Sie sich ruhig schon mal.«

Therkelsen sah ihr nach, während sie in der Küche verschwand.

»Nichts hier, nichts da!«, flüsterte er mit der Stimme eines Zauberkünstlers.

Høyer lächelte. »Sie redet, als würden wir uns schon Jahre kennen. Vielleicht betrachtet sie uns als eine Art Kollegen. Im Übrigen hoffe ich, dass sie das eine oder andere hervorzaubern kann.«

Grete Krag trat mit einer Flasche Wein und drei Gläsern auf den Balkon heraus.

»Und ich dachte, ich könnte mich bei echtem dänischem Regenwetter entspannen. Und dann ist es hier noch wärmer als in Frankreich, wo ich gerade herkomme«, sagte sie, während sie ihnen einschenkte. »Prost!«

»Wo ist der Hund?«, fragte Høyer, während er sein Glas wieder abstellte. »Wir haben ihn nicht gehört, als wir kamen.«

»Sie schlafen«, sagte sie. »Alle beide, aber sie haben Sie bestimmt gehört. Sie halten immer Siesta um diese Zeit, aber sie hören alles – beide.«

»Den Indianer haben sie neulich abends nicht gehört«, wandte Høyer ein. »Jedenfalls nicht, als er kam.«

»Nein«, sagte sie und ein Schatten glitt über ihr Gesicht. »Hans Martin, das war etwas anderes. Er konnte sich völlig lautlos bewegen, wenn er das wollte.«

Sie schwiegen eine Weile.

»Über ihn wollten Sie doch mit mir reden, nicht?«, sagte sie dann.

»Ja«, sagte Høyer. »Ich weiß nicht, wie viel Sie wissen, aber jedenfalls ist er in der Nacht von Dienstag auf Mittwoch hier festgenommen worden. Wegen Einbruchs in Ihre Wohnung. Er hat natürlich behauptet, dass sie gute Bekannte seien und Sie selbst ihm einen Schlüssel für die Wohnung gegeben hätten, aber das haben wir ihm, ehrlich gesagt, nicht geglaubt. Nicht einmal als wir den Brief gefunden haben, der offenbar von Ihnen ist. Nach dem Mord hat sich herausgestellt, dass er im Großen und Ganzen die Wahrheit gesagt hat. Sie kannten sich von der Schule her, nicht?«

»Ja«, sagte sie. »Wir sind zwölf Jahre lang zusammen

zur Schule gegangen und haben von der ersten Klasse an zusammengehalten. Später haben wir gemeinsam Sport getrieben und im Schulorchester gespielt. Privat haben wir übrigens auch musiziert. Ich spiele Violine, sozusagen zum Hausgebrauch, aber Hans Martin spielte wirklich gut Klavier.«

»Aber nicht gut genug, um es auf diesem Gebiet zu etwas zu bringen?«, fragte Høyer.

»Nein, aber die Begabung war vorhanden«, sagte sie. »Doch Talent allein reicht nicht. Es muss auch gepflegt werden und dazu hatte er keine Lust. Hans Martin hatte viele Talente, aber er konnte alles nur bis zu dem Punkt, wo es anfing, Arbeit zu machen. Klavierspielen, Fremdsprachen, Sport, er hat aus all dem nichts gemacht. Vielleicht ist ihm alles zu leicht gefallen, vielleicht hatte er zu viele Möglichkeiten und konnte sich nicht entscheiden, aber es lag wohl vor allem daran, dass ihm die nötige Antriebskraft fehlte. Er *musste* nichts tun. Er *war* Hans Martin Schrøder und im Übrigen hätte er seinem Vater wahrscheinlich ohnehin mit nichts imponieren können. Das war wohl Teil des Problems.«

»Sie sehen ihn sehr nüchtern«, stellte Høyer fest.

»Sicher«, sagte sie. »Schließlich kannte ich ihn fast mein ganzes Leben lang. Aber täuschen Sie sich nicht, ich habe ungeheuer viel von ihm gehalten. Wir waren Freunde und Freundschaften kann man nicht erklären. Ich kann zumindest nicht erklären, warum Hans Martin und ich Freunde waren und blieben, und ich habe mir nie Gedanken darüber gemacht. Das war einfach so.«

»Da war nur Freundschaft?«

Sie lachte leicht. »Ich würde nicht sagen *nur,* aber ich gehe davon aus, dass Sie *ausschließlich* meinen. Ja, du lieber Himmel, da war keine Leidenschaft, ich war nicht unglücklich in ihn verliebt oder so. Das wäre furchtbar gewesen. Der reinste Selbstmord. Und er empfand auch keine derartigen Gefühle für mich.« Sie lachte wieder. »Auch wenn er mir vor Kurzem vorgeschlagen hat, mit ihm nach Südamerika oder auf die Westindischen Inseln zu gehen und dort ein Leben in Saus und Braus zu führen. Aber ich glaube nicht, dass er das ernst gemeint hat. Außerdem bin ich nicht der Typ für so etwas.«

»Wollte er auswandern?«

»Das hat er gesagt, aber er hat so vieles gesagt. Am liebsten wolle er auf die Westindischen Inseln, weil das Klima dort ideal sei, hat er gesagt, aber er glaubte auch, dass das schwer zu bewerkstelligen sei, sodass es doch eher Argentinien oder Brasilien oder so werden würde.«

»Was hat er damit gemeint, dass das ›zu schwer zu bewerkstelligen‹ sei?«

»Das weiß ich nicht«, sagte sie. »Vermutlich hatte es mit Geld zu tun. So ein Luxusleben muss schließlich auch irgendwie finanziert werden. Wie das gehen sollte, hat er nicht erzählt. Aber er war dabei, fast alles, was ihm hier in Dänemark gehörte, zu verkaufen. Bis auf seine Firmenanteile.«

»Hmm«, murmelte Høyer. Er schwieg und sah nachdenklich vor sich hin. »War sein Geldverbrauch hoch?«, fragte er dann.

»Sehr hoch«, sagte sie. »Er ist viel gereist. Um die ganze Welt. Und das hat natürlich was gekostet. Er ist ein richtiger Hotelmensch. Er hatte nicht einmal eine Wohnung in der Schweiz, obwohl er mehrere Jahre dort gelebt hat. Im Grunde besaß er nicht viel. Er machte sich nichts aus *Dingen.* Man kann nicht einmal sagen, dass er aus dem Koffer gelebt hat, denn er hatte fast nie etwas bei sich auf seinen Reisen. Wenn er etwas benötigte, kaufte er es vor Ort und ließ es zurück, wenn er weiterreiste.«

»Was ist mit seinem Bekanntenkreis? Wer gehörte dazu?«

Sie schüttelte den Kopf. »Ich glaube nicht, dass er einen hatte. Damit war es das Gleiche wie mit seinen Reisen. Gebrauchen und wegwerfen. Er kaufte ein Mädchen für eine Nacht und duzte sich mit einer Unmenge von Barkeepern auf der ganzen Welt. Er nannte sie alle Jack. Aber er ließ sich mit niemandem auf eine richtige Beziehung ein, er schloss sich niemandem an. Ich war wahrscheinlich die Person, die ihm am nächsten stand. Die Einzige, der er sich jemals wirklich angeschlossen hat, und ich möchte wetten, dass das daran lag, weil ich so früh in sein Leben getreten bin. Da hatte sich seine Persönlichkeitsstörung noch nicht entwickelt.«

»Seine Persönlichkeitsstörung?«

»Ja, oder wie immer Sie das nennen wollen. Hans Martin war ein Psychopath. Daran besteht für mich kein Zweifel. Und er war es in mehrerer Hinsicht. Gefühlsmäßig war er ein Invalide. Er hatte nicht die Fähigkeit, jemanden zu lieben oder sich an jemanden anzuschließen. Fragen Sie mich nicht, warum. Anstelle von Gefühlen suchte er Spannung. Sie war sein Ersatz. Oder wurde es langsam, denn wenn ich ehrlich sein soll, glaube ich, dass er die ersten Einbrüche einzig und allein begangen hat, weil er Geld brauchte.«

»Das klingt unwahrscheinlich.«

»Warum? Der Sohn eines reichen Mannes kann durchaus arm sein. Sein Vater war nicht sonderlich großzügig, was Taschengeld anging, und Hans Martin fand es wohl unter seiner Würde zu arbeiten wie wir anderen. Aber alle gingen ohne Weiteres davon aus, dass er massenhaft Geld hatte, und deshalb musste er es sich auf die eine oder andere Weise beschaffen. Als er noch klein war, hat er seine Sachen verkauft, Bücher und so. Alles. Später hat er gestohlen und irgendwann entdeckt, dass ihm das mehr bringt als die reine Ausbeute, nämlich Spannung. Vor ein paar Jahren hat er mir erzählt, dass ein Einbruch ihm mehr gibt, als mit einem Mädchen ins Bett zu gehen, und ich glaube, dass das die Wahrheit war.«

Høyer nickte. Alles, was Grete Krag sagte, passte genau zu dem Bild, das er sich von dem Indianer gemacht hatte.

»Mit anderen Worten, Sie wissen nichts über seine Bekannten oder seine Geschäftsverbindungen«, stellte er fest.

»Nein«, sagte sie. »Überhaupt nichts. Er hat nie von jemandem gesprochen, auch wenn das in diesem Land, wo der größte Teil der Gespräche sich um andere Menschen dreht, natürlich ein wenig seltsam ist. Wir haben über Bücher oder Musik geredet oder er hat mir von den Orten erzählt, die er bereist hat. Und wir haben gespielt. Ich habe ein altes Klavier, das er in Grund und Boden kritisiert hat, aber wir haben trotzdem zusammen gespielt.« Sie lächelte. »Er wollte mir seinen Flügel vermachen, aber ich wusste nicht, was ich damit soll.« Sie schwieg kurz und fuhr dann fort: »Im Übrigen habe ich ihn in den letzten Jahren nicht so oft gesehen. Seine Besuche hier im Land wurden immer seltener.«

»Aber er hat Sie jedes Mal besucht, wenn er hier war?«

»Ich bin mir nicht sicher, ob er es jedes Mal getan hat, aber in der Regel schon. Wen sollte er sonst besuchen?«

»Seine Schwester?«, wandte Therkelsen ein.

Sie zuckte mit den Schultern und machte eine kleine brüske Handbewegung. »Das glaube ich nicht. Daran hatte bestimmt keiner von beiden Interesse.«

»Warum nicht?«, fragte Høyer.

»Zwischen den drei Geschwistern bestand keine enge Verbindung, oder besser gesagt zwischen Hans Martin und den beiden anderen. Er war ja nicht gerade der Stolz der Familie.«

»Sie hat aber gesagt, dass er sie immer besucht hat, wenn er hier war.«

»Ja, schon möglich.« Ihre Stimme klang ein wenig kühl. »Wir haben, wie gesagt, nicht über andere gesprochen.«

»Er hat nie eine Andeutung gemacht, die Sie auf irgendeine Idee bringen könnte, warum und von wem er ermordet worden sein könnte?«

Sie schüttelte den Kopf. »Nein, überhaupt nicht. Ich habe übrigens schon vorgestern davon gehört. Wir haben unterwegs ein paar Dänen getroffen, die von hier sind, und die haben es uns erzählt. Natürlich war das ein Schock, aber ganz unerwartet kam es nicht. Nein, das stimmt so nicht, denn ich habe sicher nichts in der Richtung erwartet, nur im Nachhinein habe ich mir gesagt, dass ich hätte wissen müssen, dass er früher oder später in etwas Ernstes verwickelt werden würde. Ich habe an Drogen und Spionage gedacht. Letzteres ist vielleicht ein bisschen zu fantasievoll, aber an und für sich denke ich, dass das mehr sein Stil gewesen wäre.«

»Hat er Sie besucht, als er das letzte Mal hier war?«

»Ja, das hat er.«

Sie trank einen Schluck Weißwein und sah in das Glas, als suche sie eine Antwort im Wein. Dann sah sie auf.

»Da ist übrigens etwas Seltsames passiert oder zumindest etwas, was über das Übliche hinausging.«

»Er hat Sie gebeten, etwas für ihn aufzubewahren, nicht wahr?«

Sie sah ihn verblüfft an. »Ja, woher wissen Sie das? Hat er es Ihnen erzählt?«

»Nicht direkt«, antwortete Høyer. »Aber es stimmt also?«

»Ja.« Sie nickte. »Ja, und ich musste ihm fast schwören, mit meinem Leben dafür einzustehen. Er hat geplant, es innerhalb kurzer Zeit wieder abzuholen. Ich habe ihm gesagt, dass ich dann vielleicht in Urlaub sein werde, aber das war ihm egal. Er wollte, dass ich es hier in der Wohnung oder woanders verstecke und ihm, falls ich vereist sein sollte, ein paar Worte schreibe, sodass er – aber nur er – erraten kann, wo es versteckt ist.«

»Und dem haben Sie zugestimmt?«

»Natürlich. Ich fand es ein wenig merkwürdig, dass er es nicht in seiner Wohnung verstecken oder mitnehmen konnte, habe aber nicht weiter gefragt, und ich hatte auch nicht das Gefühl, dass etwas damit nicht in Ordnung war. Ich meine, es handelte sich schließlich nicht um Heroin oder so etwas.«

»Nein?«, fragte Høyer leichthin.

Sie sah ihn verblüfft an. »Wissen Sie denn nicht, um was es sich handelt?«

»Nein«, sagte Høyer. »Ich habe nicht die geringste Ahnung. Aber ich gehe davon aus, dass Sie es noch immer haben, oder«

»Ja, das habe ich und das hat mich eigentlich sehr gewundert. Denn ich habe damit gerechnet, dass er deshalb am Dienstagabend hergekommen ist. Warum hätte er sonst kommen sollen, wenn er wusste, dass ich nicht zu Hause war?«

»Vielleicht, um sich in Sicherheit zu bringen. Wir gehen davon aus, dass er beschattet wurde und er es entdeckt und versucht hat, seine Verfolger abzuschütteln. Vielleicht fühlte er sich bedroht. Er war an besagtem Abend nicht bei sich zu Hause. Das deutet darauf hin, dass er sich nicht in seine Wohnung getraut hat.«

»Jetzt verstehe ich das sehr viel besser«, sagte sie. »Er hat meine Nachricht also nicht erhalten und hatte keine Ahnung, wo ich ihn versteckt habe.« Plötzlich runzelte sie die Stirn und sah Høyer fragend an. »Aber haben Sie nicht gerade gesagt, dass er einen Brief von mir hatte, in dem ...«

»Ja, aber den hatte er nicht bei sich. Wir haben ihn erst am Tag danach aus seinem Briefkasten geholt. Aber im Übrigen stand auch nicht in dem Brief, wo Sie das Teil versteckt haben, das Sie für ihn aufbewahren sollten«, sagte Høyer.

Sie lächelte. »Doch, das tat es«, sagte sie. »Da stand, dass er sich einen Whisky on the rocks nehmen sollte, nicht? Hans Martin trank nie Whisky. Warten Sie einen Augenblick.«

Sie stand auf und ging in die Küche. Sie hörten, wie sie die Kühlschranktür öffnete, den Wasserhahn aufdrehte, dann das Klirren von Eis und Glas.

Einen Moment später kam sie zurück und stellte ein Glas mit Wasser und Eiswürfeln auf den Tisch.

Sie lächelte sie an und Therkelsen verspürte einen fast unbezwingbaren Drang zu sagen: »Nichts hier, nichts da!«, weil sie gespannt wie ein Kind aussah, das seine Zauberkünste vorführt, die es gerade gelernt hat. Er fürchtete jedoch, dass Høyer lachen würde, und beherrschte sich.

»Ich wollte keinen Whisky dafür opfern«, sagte sie und setzte sich wieder, ohne die Augen von dem Glas zu wenden. »Wasser on the rocks dürfte die gleiche Wirkung haben.«

Høyer und Therkelsen beugten sich vor und betrachteten neugierig das Glas. Sie sahen, wie die Eiswürfel immer kleiner wurden und schließlich ganz schmolzen, bis nur noch einer übrig war. Høyer richtete sich auf und sah Grete Krag verblüfft an. Erst jetzt begriff er, dass dieser Eiswürfel sich sonderbar verhielt. Er schwamm nicht an der Oberfläche, sondern lag auf dem Boden und schmolz sehr viel langsamer als die anderen.

Er beugte sich erneut vor und sah durch das Eis ein kleines, silbern glitzerndes Etwas auf dem Boden des Glases.

»Ein Schlüssel!«, rief er verblüfft.

Grete Krag lächelte triumphierend.

»Ja«, sagte sie. »Ein Schlüssel. Den bat er mich zu verstecken.«

Sie goss das Wasser vorsichtig in ihr leeres Weißweinglas und ließ den Schlüssel in ihre Handfläche fallen. Einen Moment sah sie ihn an.

»Wozu gehört der?«, fragte Therkelsen neugierig.

»Das weiß ich nicht«, antwortete sie. »Das hat er mir nicht gesagt. Vielleicht zu einer Geldkassette? Oder einem Koffer oder einem Bankfach? Ich habe keine Ahnung. Aber jedenfalls ist er hier.«

Sie reichte Høyer den Schlüssel. »Bitte! Ich hoffe, dass er Ihnen auf die eine oder andere Weise helfen kann, Hans Martins Mörder zu finden. Ich jedenfalls bin mir sicher, dass er wichtig ist. Vielleicht ....« Sie zuckte mit den Schultern, als wolle sie im Voraus um Nachsicht bitten für das, was sie hinzufügte: »Ich habe ihn sehr gemocht und ich denke, dass das eine unwürdige Art zu sterben war.«

9

Høyer stand am Fenster und lehnte sich mit einer Tasse Kaffee in der einen und einem Stück Dagmartorte in der anderen Hand gegen den Fensterrahmen. Nach dem Albtraum, den er und Therkelsen erlebt hatten, als er aus dem Auto hatte steigen wollen, hatte er darauf verzichtet, sich an den Schreibtisch zu setzen. In aufrechter Position ging es ihm entschieden am besten, auch wenn er noch vor wenigen Minuten darauf geschworen hätte, dass die Wunde wieder aufgegangen sei.

»Ihr hättet ihn sehen sollen«, lachte er und zeigte mit dem Stück Kuchen in der Hand auf Therkelsen. »Er saß da und starrte diesen idiotischen Eisklumpen an. Ich möchte wetten, dass es ihn kein bisschen gewundert hat, dass er auf dem Boden des Glases liegen blieb.«

»Stimmt«, räumte Therkelsen ein. »Das hat es, ehrlich gesagt, auch nicht. Ich habe zwar gesehen, dass irgendetwas damit war, aber nicht, was. In Physik war ich nie eine Leuchte.«

»Und plötzlich lag er da«, fuhr Høyer fort. »Ein Schlüssel. Eigentlich clever ausgedacht. Und es besteht kein Zweifel, dass der Indianer danach gesucht hat. Aber er hatte ihre Nachricht nicht bekommen, weil er sich nicht in seine Wohnung getraut hat. Offenbar hatte er Angst, dass sein Verfolger dort auf ihn wartete. Vielleicht hat er geglaubt, ihn abgeschüttelt zu haben, als er zu der Schwester hinausgefahren ist, aber da hat er sich wohl getäuscht. Er muss ihm den ganzen Abend auf den Fersen gewesen sein.«

»Warum glaubst du das?«, fragte Larsen.

»Woher sollte er sonst wissen, dass der Indianer verhaftet worden ist?«, antwortete Høyer. »Und seine Vorsichtsmaßnahmen treffen? Aber lassen wir das jetzt. Im Moment interessiert mich der Schlüssel mehr. Der Schlüssel zum Geheimnis des Indianers!« fügte er pathetisch hinzu.

Therkelsen und Bach wechselten einen raschen Blick und Therkelsen wandte kopfschüttelnd die Augen zur Decke.

»Wenn ihr mit euren Späßen fertig seid, würde ich gerne Vorschläge hören«, fuhr Høyer fort, als niemand etwas sagte. »Wozu ist dieser Schlüssel da?«

»Du meinst, wozu er gehört?«, fragte Larsen vorsichtig.

»Ja.«

»Wie wäre es mit einem Koffer?«

»Schlecht«, sagte Høyer. »Dafür ist er zu groß.«

»Und mit einer Geldkassette?«, schlug Bach vor.

»Nein, ich glaube eher, dass er zu irgendeinem Schließfach gehört«, meinte Therkelsen. »Einem Bank- oder Postschließfach oder etwas in der Richtung.«

Bach griff nach dem Schlüssel, der auf dem Schreibtisch lag.

Die anderen sahen ihm stumm zu, während er ihn drehte und wendete.

»Was ist das hier?«, fragte er und zeigte auf etwas.

»Ich habe es mir mit der Lupe angesehen«, antwortete Høyer. »Ich vermute, dass dort ursprünglich eine Nummer gestanden hat.«

»Die er entfernt hat.«

»Ja. Wohl für den Fall, dass er in die falschen Hände gerät.«

»Dann tippe ich auf ein Bankschließfach«, sagte Bach. »Er gehört jedenfalls nicht zu einem kleinen privaten Safe hinter einem Gemälde mit einem röhrenden Hirsch an einem Waldsee.«

Bach legte den Schlüssel zurück.

»Aber bei welcher Bank?«, rief Larsen und machte eine resignierte Handbewegung. »Die kann überall auf der Welt sein.«

»Nicht überall«, wandte Therkelsen ein, indem er nach dem Schlüssel griff. »Sie muss hier oder in der Schweiz sein, und ich nehme an, dass sie hier ist. Hier in Dänemark, vermutlich sogar hier in der Stadt.«

»Warum?«, fragte Larsen.

»Das ist doch offensichtlich. Warum hätte er ihn sonst hier aufbewahren sollen? Er muss etwas versteckt haben, als er das letzte Mal hier war. Etwas, wovon er wusste, dass die anderen dahinterher waren. Und das sie zu bekommen glaubten, wenn sie in den Besitz dieses Schlüssels kämen.«

Er unterstrich die letzten Worte mit dem Schlüssel, den er in der Hand hielt.

»Deshalb hat er ihn Grete Krag zur Verwahrung gegeben. Das war das ideale Versteck, weil nichts Auffälliges daran war, dass er sie besuchte, wenn er in die Stadt kam. Das tat er ja meistens.«

»Das klingt plausibel«, sagte Bach.

»Gut«, fuhr Therkelsen fort. »Am Dienstag ist er also zurückgekommen, um den Schlüssel zu holen, aber es gelingt ihm nicht, an ihn heranzukommen. Stattdessen landet er in U-Haft, was von seinem Gesichtspunkt aus gesehen gar nicht das Schlechteste ist, denn so ist er zumindest in Sicherheit, bis Grete Krag nach Hause kommt und ihm sagen kann, wo der Schlüssel ist. Pech für ihn, dass ihm ein Mann mit einem Gewehr auflauert und er nie in den Besitz seines Schlüssels gelangt und sein Bankschließfach leeren kann. Ich sehe nur nicht, was die anderen davon haben sollen.«

»Letzteres durchschaue ich auch nicht«, sagte Høyer, indem er zum Schreibtisch ging und sich eine Tasse Kaffee eingoss. »Ansonsten bin ich größtenteils einig mit dir. Ich glaube nur nicht, dass der Schlüssel zu einem Bankschließfach gehört.«

»Warum nicht?«, fragten Bach und Therkelsen wie aus einem Munde.

»Das werde ich euch sagen«, erklärte Høyer, während er zu seinem Platz am Fenster zurückbalancierte. »Weil Banken nicht vierundzwanzig Stunden geöffnet haben. Er ist Dienstagabend angekommen und hat versucht, den Schlüssel noch in derselben Nacht an sich zu bringen. Würde er zu einem Bankschließfach gehören, hätte er ebenso gut bis zum nächsten Tag warten können. Nein, der Schlüssel muss zu einem Schließfach gehören, das rund um die Uhr zugänglich ist.«

Therkelsen hatte eine Idee. »Ein Hotel!«, rief er triumphierend. »Natürlich, der muss zu einem Hotelschließfach gehören.«

Bach sah ihn einen Moment verständnislos an, dann griff er sich verzweifelt an den Kopf. »Ja, natürlich«, sagte er. »Ein Hotel! Ich Idiot! Was bin ich nur für ein riesengroßer Idiot!«

»Na, na, na«, sagte Høyer. »Jetzt übertreibst du aber. Wir anderen hatten schließlich auch keine Idee und im Übrigen handelt es sich nach wie vor bloß um eine Vermutung.«

»Nein, das ist bombensicher«, sagte Bach. »Und es lag die ganze Zeit vor meiner Nase.«

Høyer sah ihn fragend an. »Wovon redest du?«

»Von dem Typen, der das Geld für die Wohnung des Indianers in Empfang nehmen sollte. Knud Christoffersen, verstehst du? Du hast uns und unseren Plänen ja einen schönen Strich durch die Rechnung gemacht, indem du dich letzte Nacht hast anschießen lassen. Deshalb konnte ich mich noch nicht um ihn kümmern, aber jetzt fallen die Steinchen an ihren Platz. Jetzt weiß ich jedenfalls, wer er ist.«

»Und wer ist er?«, fragte Høyer. »Ist das ein Geheimnis oder dürfen wir mitlachen?«

»Einen Moment.« Bach griff nach einer Aktenmappe und blätterte darin. »Ja, hier ist es, hört zu. Knud Christoffersen, er ist der Sohn des Hotelbesitzers Rudolf Christoffersen!«

Er schloss schwungvoll die Aktenmappe, nickte den anderen zu, doch die sahen ihn verständnislos an.

»Knud Christoffersen?«, wiederholte Therkelsen. »Sollten wir den kennen?«

»Ja, und ob. Das ist Store Knud, der große Knud«, erklärte Bach.

»Store Knud?«, wiederholte Høyer fragend. »Der vom Hotel Royal? Aber wie kommt der ins Bild?«

Bach klopfte auf die Aktenmappe. »Er ist mit dem Indianer zur Schule gegangen. Ich habe all seine Klassenkameraden hier. Sie sind im Gymnasium in dieselbe Klasse gegangen und haben außerdem zusammen im Schulorchester gespielt.«

»Der also auch«, sagte Høyer. »Wie groß dieses Orchester wohl war?«

»Keine Ahnung«, sagte Bach. »Aber ich kann das herausfinden, falls es dich interessiert. Store Knud spielte Trompete und wurde damals übrigens Lille Knud, der kleine Knud, genannt.«

»Es ist mir egal, was er gespielt hat«, sagte Høyer. »Du bist eine Perle, Bach. Eine richtige Perle, auch wenn du ziemlich lange gebraucht hast, um aus der Muschel zu kommen.«

»Dann wollen wir hoffen, dass die Perle echt ist«, sagte Bach trocken. »Es ist schließlich nicht gesagt, dass er es *ist.* Aber das Ganze passt so gut zusammen.«

»Natürlich ist er es«, erklärte Høyer. »Merkwürdig ist nur, dass Grete Krag ihn nicht erwähnt hat.«

Er ging zum Schreibtisch, stellte die Tasse ab und griff zum Telefonhörer.

»Was hast du vor?«, fragte Therkelsen.

»Sie anzurufen«, antwortete Høyer, während er die Nummer wählte. »Und zu fragen, ob Store Knud und der Indianer irgendeine Verbindung zueinander hatten.«

Er drückte die Lautsprechertaste, sobald er ihre Stimme hörte.

»Kommissar Høyer«, sagte er. »Da wäre noch etwas, was ich zu fragen vergessen habe. Sagt Ihnen der Name Store Knud etwas?«

»Store Knud? Nein«, ihre Stimme klang unsicher. »Ich denke, nein. Oder … Sie meinen nicht vielleicht Lille Knud?«

»Store Knud oder Lille Knud, das bleibt Ihnen überlassen. Damals hieß er bestimmt Lille Knud.«

»Ja, ich habe ihn nie anders genannt«, lachte sie. »Auch wenn das inzwischen etwas irreführend ist. Ja, an ihn erinnere ich mich ausgezeichnet.«

»Auch in Verbindung mit dem Indianer, mit Hans Martin, meine ich?«

»Ja, das auch.« Man konnte hören, dass sie lächelte. »Wir haben alle drei zusammen im Schulorchester gespielt.«

»Stehen Sie noch mit ihm in Verbindung?«

»Nein, eigentlich nicht. Warum?«

»Was ist mit ihm und dem Indianer? Hatten sie noch Kontakt zueinander?«

»Ein wenig.« Sie klang leicht zögerlich.

»Was heißt das?«

»Hans Martin hat manchmal dort gegessen, im Hotel, meine ich. Auch wenn er immer gesagt hat, dass Lille Knud besser Trompete spielte, als er kocht.«

»Spielte er gut?«

»Nein«, lachte sie. »Grauenhaft.«

»Dann hat er ihn jedenfalls nicht des Essens wegen aufgesucht«, schätzte Høyer.

»Nein, das wohl nicht«, räumte sie ein. »Es ist merkwürdig, ich habe überhaupt nicht an ihn gedacht, als wir miteinander gesprochen haben, aber was …?« Sie unterbrach sich selbst. »Ach, jetzt weiß ich«, rief sie. »Der Schlüssel!«

»Ich habe kein Wort von dem Schlüssel gesagt«, wandte Høyer ein.

»Nein, aber ich kann auch eins und eins zusammenzählen. Und ich habe mich natürlich gefragt, wozu er gehören könnte, und das wäre doch einleuchtend, oder? Ein Hotelschließfach.«

»Er könnte zu einem Hotelschließfach gehören«, sagte Høyer. »Sicher ist das nicht.«

»Das ist sicher«, sagte sie vertrauensvoll. »Und es passt

ausgezeichnet, dass Hans Martin sich für Lille Knud entschieden hat. Er hat einmal von ihm gesagt, dass er auf jeden Fall eine herausragende Eigenschaft habe, und die sei Diskretion.«

»Das ist genau die Eigenschaft, die wir jetzt am besten gebrauchen können«, sagte Høyer trocken. »Aber vielen Dank für die Hilfe.«

Er legte den Hörer auf und sah die anderen an. »Nun, was meint ihr? Wäre es nicht eine gute Idee, Store Knud einmal auf die Finger zu klopfen?«

»Wer von uns?«, fragte Therkelsen.

»Du und ich«, bestimmte Høyer.

»Schaffst du das?«, fragte Bach.

»Jedenfalls besser, als hier hinter dem Schreibtisch zu sitzen und die Protokolle durchzukauen. Das überlasse ich euch.«

»Ich meinte eigentlich eher, ob du nicht nach Hause gehen und dich hinlegen willst«, sagte Bach.

»Bist du verrückt, Mann?«, rief Høyer. »Jetzt, wo die Sache langsam ins Rollen kommt. Ja, das würde euch so passen, was? Aber so läuft das nicht, Freunde.«

»Ja, aber ehrlich ...«, begann Therkelsen.

Høyer unterbrach ihn. »Fang gar nicht erst an, sonst endet es noch damit, dass ich euch verdächtige, hinter der Misere von heute Nacht zu stecken. Nur um mich kampfuntüchtig zu machen.«

Therkelsen lachte. »Dann hätten wir dich da getroffen, wo es wirklich wehtut. Wir sind also über jeden Verdacht erhaben.«

»Ja, weiß der Himmel, was ihr seid«, murmelte Høyer, als er und Therkelsen zur Tür gingen.

Das Hotel Royal war das, was man in Prospekten als *nettes Familienhotel mit Atmosphäre* bezeichnen würde. Im Vestibül war es kühl und schummrig, wenn man von draußen hereinkam, und seine Atmosphäre verdankte das Hotel dem Staub der Jahrzehnte, einem verblichenen, fast echt aussehenden Teppich und großen Grünpflanzen der Art, die selbst in einem Kleiderschrank wachsen und gedeihen.

Ein erschöpftes Touristenehepaar hing auf der Sofagruppe herum, die in der einen Ecke stand. Die Frau hatte ihre Schuhe ausgezogen und studierte vornübergebeugt ihre Füße. Sie sah aus, als mache sie sich Gedanken darüber, wie sie sie jemals wieder in die Schuhe hineinbekommen sollte.

An der Rezeption stand ein älterer Kellner in einem blank gewetzten Smoking und unterhielt sich mit dem Portier, einem kleinen, uralten Mann in einem Nadelstreifenanzug, der einmal bessere Tage gesehen hatte. Sein dünner, runzeliger Schildkrötenhals blickte aus einem zu großen Stehkragen und trug einen kleinen verschrumpelten Kopf, auf dem ein paar kreideweiße Haare wie Grashalme im Sommerwind schwankten.

Therkelsen stöhnte innerlich. Warum um Himmels willen trafen sie immer wieder auf solche alten Originale?

Der Portier forderte mit einem Nicken den Kellner auf zu verschwinden, als Høyer und Therkelsen sich der Rezeption näherten.

Der Alte sah sie mit blinzelnden Augen an.

»Zeugen Jehovas oder Kriminalpolizei?«, fragte er.

Er war offenbar eine alte Ratte, dachte Høyer.

»Kriminalpolizei«, sagte Høyer. »Ist Knud Christoffersen zu sprechen?«

Der Alte legte den Kopf schief. »Kann ich Ihnen nicht helfen?«, fragte er.

Seine Stimme war tief und weich wie die eines Wüstenscheichs und passte überhaupt nicht zu seinem vogelartigen Wesen, was verwirrend wirkte und der ganzen Szene einen Hauch von Absurdität verlieh, so als würde sie mit falschen Lauten synchronisiert. Der Alte erweckte den Eindruck, als wolle er sie auf die eine oder andere Weise zum Besten halten.

»Das können Sie bestimmt nicht«, sagte Høyer abweisend. »Wir müssen mit Store Knud reden.«

Der Alte legte die Arme auf die Rezeption. Høyer war fast schon überrascht, dass er keine schwarzen Ärmelschoner trug. Er sah aus, als käme er aus einer anderen Zeit.

Høyer wartete geduldig.

»Er ist im Moment nicht da«, sagte der Alte schließlich.

»Wann kommt er wieder?«

»Ja wann? Er kommt und geht.« Der Alte unterstrich seine Worte mit den Armen. »Aber irgendwann wird er schon auftauchen.«

»Er ist selbst der Küchenchef, nicht?«

»Ja, in der Regel.«

Høyer warf einen Blick auf die große Schwarzwalduhr. »Dann müsste er doch bald kommen, oder?«

Der Alte folgte seinem Blick, dann holte er seine Taschenuhr hervor und studierte sie einen Augenblick, bevor er sagte: »Ja, das nehme ich an.«

»Sie sagen auch nicht mehr als nötig, nicht?«, sagte Høyer. In seiner Stimme lag eine Spur von Gereiztheit.

»Stimmt, nicht gern, nicht gern.« Der Alte lächelte ihn zufrieden an.

Høyer holte den Schlüssel aus der Tasche. »Kennen Sie den?«, fragte er.

Der Alte griff mit einer mageren Klaue nach dem Schlüssel. Er sah ihn einen Moment mit blinzelnden Augen und schräg gelegtem Kopf an.

»Pass auf!«, flüsterte Therkelsen hinter Høyer. »Gleich fliegt er auf und versteckt ihn in seinem Nest.«

Der Alte gab Høyer den Schlüssel zurück und schüttelte den Kopf. »Nein.«

»Sind Sie ganz sicher? Könnte der Schlüssel nicht zu einem Ihrer Schließfächer gehören?«

»Nein.«

»Warum nicht? Woher wissen Sie das so bestimmt?«

»Auf unseren Schlüsseln stehen Nummern.«

»Auf diesem hat auch mal eine Nummer gestanden.«

»Aha.«

Therkelsen war kurz davor zu explodieren.

»Gleicht er Ihren Schlüsseln?«, fragte Høyer geduldig.

»Ja.«

»Darf ich sie einmal sehen?«

Ohne ein Wort zu sagen, trippelte der Alte zu einer Tür rechts von der Rezeption. Neben der Tür hing ein altes Schlüsselbrett. Er nahm einen der Schlüssel herunter und legte ihn auf die Rezeption neben den anderen Schlüssel.

»Die sind genau gleich«, stellte Høyer fest.

»Das sind sie wirklich«, nickte der Alte unbeeindruckt.

»Zu jedem Schließfach gehören zwei Schlüssel, richtig?«, fragte Høyer.

»Ja«, gab der Alte zu. »Der des Gastes und unserer.«

»Sollten wir den hier dann nicht einmal ausprobieren?«, schlug Høyer vor.

»Natürlich, wenn Sie das möchten. Welche Nummer hat er denn?«

Høyer sah ihn forschend an. Er war mehr und mehr überzeugt, dass der alte Knabe sich über sie lustig machte.

»Das weiß ich nicht«, sagte er schließlich.

»Und wie soll das funktionieren?«

Høyer holte tief Luft. »Wir müssen uns vortasten. Wie viele einzelne Schlüssel hängen an dem Brett?«

»Fünf.«

»Gut, dann bringen Sie die restlichen vier her. Einer davon muss ja zu diesem passen.«

»Sagen Sie mal«, sagte der Alte und runzelte die Brauen, während er den Kopf auf die Seite legte und Høyer ansah. »Ist das nicht eine Durchsuchung?«

»Wir durchsuchen nichts«, sagte Høyer. »Wir gucken nur.«

»Hmm«, sagte der Alte und trippelte zu dem Brett, um die Schlüssel zu holen. Er legte sie vor Høyer auf die Rezeption. »Die Schließfächer sind da drüben«, sagte er und zeigte darauf.

Høyer und Therkelsen begaben sich dorthin. Die Touristen sahen ihnen misstrauisch zu, vielleicht glaubten sie, dass es sich um einen Überfall handelte. Høyer probierte die fünf Schlüssel einen nach dem anderen zusammen mit dem des Indianers.

»Offenbar passt er zu keinem«, stellte er enttäuscht fest.

»Lass mich mal versuchen«, schlug Therkelsen vor. »Vielleicht ist ein Trick dabei.«

»Bitte«, sagte Høyer. »Ich war so sicher, dass ...«

Plötzlich trat er einen Schritt nach hinten und zählte die Schließfächer. Dann ging er zurück zu der Rezeption.

»Sagen Sie mal, wie viele Schlüsselpaare hängen im Moment an dem Brett?«, fragte er.

Der Alte sah sich das Brett an. »Vierzehn«, teilte er mit.

»Und ich habe hier fünf«, sagte Høyer. »Das macht insgesamt neunzehn. Aber es gibt zwanzig Schließfächer. Wo zum Teufel ist der Schlüssel zu dem zwanzigsten Schließfach?«

»Das weiß ich nicht«, sagte der Alte. »Nicht genau.«

Ein Schatten fiel auf sie.

»Was ist hier los?«, fragte eine Stimme.

Høyer drehte sich um.

Store Knud war eingetroffen.

»Die Herren sind von der Kriminalpolizei«, erklärte der Alte schnell. »Sie interessieren sich für unsere Schließfächer. Warum sie das tun, haben sie nicht erzählt«, fügte er beleidigt hinzu.

Store Knud machte seinem Namen Ehre. Er war riesig. In seiner weißen Küchenkluft thronte er über den anderen wie ein großer schneebedeckter Berg. Etwas über zwei Meter und gut und gern jenseits der hundert Kilo, schätzte Høyer.

»Um was geht es?«, fragte Store Knud.

»Haben Sie einen Moment Zeit?«, fragte Høyer. »Es gibt ein paar Dinge, über die wir uns gerne mit Ihnen unterhalten würden, aber ich denke, dass wir das an einem etwas ungestörteren Ort tun sollten.«

»Wir können ins Büro gehen«, sagte Store Knud.

Er lotste Høyer und Therkelsen durch die Portiersloge und weiter zu einer Tür im Hintergrund, die, wie sich herausstellte, in ein verhältnismäßig großes Büro mit alten, abgenutzten Möbeln führte. Ein Schreibtisch, ein paar Lehnstühle, ein Diwan und ein großer, alter Safe.

Store Knud nahm hinter dem Schreibtisch Platz, Therkelsen sank auf einen der Lehnstühle und Høyer ließ sich vorsichtig auf dem Diwan nieder, der glücklicherweise härter war, als er erwartet hatte.

Store Knud sah sie auffordernd an. »Und?«, sagte er.

»Es geht vor allem um diesen Schlüssel«, sagte Høyer und reichte ihn Store Knud, der ihn ebenso eingehend studierte, wie es der Alte zuvor getan hatte.

»Was ist damit?«, fragte er.

»Wir haben Grund zu der Annahme, dass das einer von zwei Schlüsseln zu einem der Schließfächer da draußen ist.«

»Es steht keine Nummer darauf«, begann Store Knud, aber Høyer unterbrach ihn.

»Diese ganze Komödie haben wir schon mit dem Alten hinter uns gebracht«, sagte er. »Legen wir mal eine andere Platte auf. Wir wissen, dass da draußen ein Paar fehlt, und ich möchte wetten, dass das einer davon ist.«

»Wo haben Sie den her?«, fragte Store Knud.

»Was glauben Sie?«

»Von dem Indianer.« Es war mehr eine Feststellung als eine Frage.

»Ja«, sagte Høyer. »Er hat sich also ein Schließfach bei Ihnen ausgeliehen.«

»Gemietet«, sagte Store Knud. »Er hat es gemietet.«

»Für wie lange?«

Store Knud zuckte mit den Schultern. »So lange, bis er es kündigt.«

»Wie viel hat er dafür bezahlt?«

»Tausend Kronen. Zunächst einmal.«

»Das ist ein stolzer Preis. Wann war das?«

»Vor ein paar Jahren.«

Høyer und Therkelsen wechselten einen verblüfften Blick.

»Vor ein paar Jahren?«, sagte Høyer. »Sind Sie sicher, dass das so lange her ist?«

»Ja, natürlich.«

»Wie oft hat er denn von dem Schließfach Gebrauch gemacht?«

»Das weiß ich nicht.«

»Weiß das der Alte?«

»Birdie? Nein, woher sollte er das wissen?«

»Sie hatten doch den anderen Schlüssel.«

»Nein.« Store Knud schüttelte den Kopf. »Der Indianer hatte selbst beide Schlüssel.«

»Verflixt«, rief Høyer verblüfft. »Warum?«

»Das hat er mir nicht gesagt und ich habe ihn nicht danach gefragt. Und ich weiß auch nicht, was er in dem Schließfach aufbewahrt, falls das Ihre nächste Frage sein sollte, aber ich gehe davon aus, dass es sich um Geld handelt. Um Bargeld. Wenn es hier deponiert war, brauchte er auf seinen Reisen nicht so viel davon mit sich herumzutragen.«

»Er hätte es genauso gut in seiner Wohnung deponieren können«, meinte Høyer.

Store Knud lächelte schief. »Ja. Aber er hatte Angst vor Einbrechern.«

»Wie viel hatten Sie mit dem Indianer zu tun?«

»Jetzt? Nicht mehr viel. Aber er hat normalerweise vorbeigeschaut, wenn er in der Stadt war, und unser Gericht aus Fleisch, Zwiebeln und Bratkartoffeln gegessen, ein echtes Biksemad. Er hat behauptet, dass es das Einzige sei, was ich wirklich gut könne. Er pflegte auch zu sagen, dass ich nie einen Stern im Guide Michelin bekäme, aber, wenn ich noch weiter wüchse, vielleicht ins Guinnessbuch der Rekorde aufgenommen würde. Er war eben ziemlich anspruchsvoll, der Typ. In manchen Punkten jedenfalls.«

»Was hat er gemacht?«

»Er hatte doch diese Agentur und die Familie war reich. Anfangs hat er viel über die Agentur geredet, aber offenbar ist er ihrer müde geworden. Jedenfalls hat er sie verkauft.«

»Wovon wollte er dann leben? Hat er darüber auch gesprochen?«

Store Knud sah ihn verblüfft an. »Nein, warum sollte er. Ich wusste doch, dass er Geld hatte. Eigentlich habe ich nicht damit gerechnet, dass er irgendeiner Arbeit nachgehen würde.«

»Waren Sie Freunde, Sie und der Indianer?«

Der andere dachte lange nach. Dann schüttelte er den Kopf.

»Nein, ich denke nicht.«

»Wie meinen Sie das?«

»Mit dem Indianer war man nicht *befreundet.* Nicht so. Er hätte mir jederzeit Geld geliehen, das steht fest. Oder es mir sogar gegeben, wenn nötig. Aber er hätte mir nicht auf dem Sterbebett die Hand gehalten oder mir erlaubt, mich an seiner Schulter auszuweinen, falls meine Frau mich verlassen hätte. Der Indianer hatte wahrscheinlich überhaupt keine richtigen Freunde, aber trotzdem ...« Er schwieg einen Augenblick, als suche er nach den richtigen Worten. »Trotzdem waren wir auf irgendeine Art Freunde. Mehr als nur Bekannte. Wir kannten uns ja seit vielen Jahren, aber ich habe ihn immer mehr gebraucht als er mich. In der Schule zum Beispiel. Verdammt, ich war doch nichts als ein kleiner Schwächling, ein Winzling, deshalb habe ich zu ihm aufgesehen. Ich habe ihn bewundert. Bis zur Oberstufe am Gymnasium. Er konnte einfach alles, verstehen Sie? Ich war nicht in ihn verliebt, in dem Punkt bin ich wenigstens einigermaßen normal, aber trotzdem ... Es war eine Art Heldenverehrung, so kann man das wohl nennen.«

Er war in Gedanken versunken.

Høyer betrachtete ihn, und einer plötzlichen Eingebung folgend fragte er: »Sagen Sie mal, waren Sie irgendwann bei einem der Brüche dabei, die er damals gemacht hat?«

Store Knud zuckte zusammen und wurde rot. »Woher zum Teufel wissen Sie das?«

»Also, ja.«

»Ja, zweimal. Dann wurde der Indianer gefasst. Ich war an dem Abend dabei, aber er hat kein Wort darüber verloren, hat absolut dichtgehalten, deshalb wurde ich freigesprochen. Danach hatte ich die Nase voll. Aber irgendwie hatte ich immer das Gefühl, ihm etwas schuldig zu sein. Er hätte mich hineinziehen können, aber er hat es nicht getan?« Er lächelte leicht verlegen. »Ich hätte, was das angeht, an *seinem* Sterbebett gesessen, wenn ich die Gelegenheit dazu gehabt hätte. Demnach war ich vielleicht sein Freund.«

Høyer nickte nachdenklich. Er glaubte zu verstehen, was Store Knud zu erklären versuchte.

Der große Mann sah ihn abwartend an und fummelte nervös an dem karierten Schweißtuch herum, das er um den Hals trug..

»Was ist mit Grete Krag?«, fragte Høyer. »Waren sie und der Indianer befreundet?«

»Nein, nicht richtig. Obwohl sie bestimmt diejenige war, die ihm am nächsten stand. Aber … für ihn war sie eher wie eine Schwester, fast wie eine Zwillingsschwester. Seine eigenen Geschwister waren ja sehr viel älter und …«

»Was ist mit den hunderttausend, die Sie für ihn entgegennehmen sollten?«, fragte Høyer. »Wo sind die? In dem Schließfach?«

»Nein, da kamen wir ja nicht dran. Die sind hier.« Store Knud nickte zu dem alten Safe hinüber. »Sie wissen wohl alles, was?«

»Nein, leider nicht«, sagte Høyer. »Das würde uns das Leben erheblich erleichtern. Was ist da eigentlich gelaufen?«

»Das weiß ich nicht genau. Ich bin Hotelbesitzer und Koch. kein wirklicher Geschäftsmann. Fragen Sie Birdie. Er findet, dass das Geld für mein Abitur damals schlecht angelegt war, da ich nicht einmal Buchführung gelernt habe. Na schön, soweit ich das verstanden habe, hatte der Indianer verkauft, billig verkauft, und zwar unter zwei Bedingungen: dass der gesamte Betrag in bar gezahlt wurde und dass er das ganze Geld auf einmal bekam, und zwar bevor die Grundbucheintragung öffentlich bekannt gegeben wurde.«

»Hmm«, sagte Høyer.

»Aber das klappte nicht ganz, und er musste zurück in die Schweiz und das Geld, das er bekommen hatte, mitnehmen.«

»Es einschmuggeln, mit anderen Worten.«

»Ja, das könnte man so sagen. Er hatte ein Konto in der Schweiz, aber eigentlich wollte er das Geld mit nach Südamerika nehmen. Dort wollte er sich doch niederlassen. Jetzt musste er die Reise verschieben.«

»War er wütend darüber?«

»Anfangs ja, doch dann hat er gesagt, dass es vielleicht gar nicht so schlecht sei, da man ohnehin nicht alle Eier in einen Korb legen sollte.«

»Was hat er damit gemeint?«

»Das weiß ich, ehrlich gesagt, nicht. Ich glaube, das bezog sich auf das Geld. Dass es besser sei, nicht den ganzen Betrag bei sich zu haben, falls er mit dem Geld geschnappt würde. Etwas in der Richtung.«

Therkelsen schielte zu Høyer hinüber, der das Ganze irgendwie zu verstehen schien. Er selbst begriff nicht, was es mit all diesen Transaktionen auf sich hatte.

»Übrigens«, sagte Høyer, »wurden die hunderttausend bezahlt, bevor die Grundbucheintragung bekannt gegeben wurde?«

»Ja«, sagte Store Knud. »Aber nur ganz knapp. Ein paar Tage, nachdem ich das Geld in Empfang genommen hatte, sah ich die Notiz in der Lokalzeitung. Und konnte den Indianer nicht erreichen. Es dauerte mehrere Tage, bevor ich damit Erfolg hatte, und da war er ziemlich wütend. Aber ... zumindest hat er eingesehen, dass der Fehler nicht bei mir lag.«

»Ja«, Høyer stützte sich mit einem Arm am Tisch ab, um hochzukommen. »Vielleicht sollten wir doch sehen, was wir mit dem Schließfach machen können. Welche Nummer hatte es?«

»Keine Ahnung, Birdie hat sich darum gekümmert.«

»Der Alte?«

»Ja. Er heißt Børge, aber Sie sehen ja selbst ... Birdie passt besser zu ihm. Er sieht so aus, seit ich ihn kenne. Er ist jetzt dreiundachtzig, aber unterschätzen Sie ihn nicht. In Wirklichkeit führt er dieses Hotel. Das war schon zur

Zeit meines Vaters so. Er tut so, als ob ich es führe, und ich tue auch so, als ob ich der Boss sei, aber wir wissen beide, auf wessen Schultern das Ganze lastet. Wenn er irgendwann ins Hotel Paradies abreist, verkaufe ich den Kasten. Ich bin Koch, alles andere interessiert mich nicht. Soll ich ihn rufen?«

»Ja, das sollten Sie wohl«, sagte Høyer.

Der Alte trat ein, fast noch bevor Store Knud gerufen hatte. Høyer war überzeugt, dass er direkt vor der Tür gestanden und wahrscheinlich das Meiste des Gesprächs mitgehört hatte.

»Birdie, welches Schließfach hast du dem Indianer gegeben?«

»Ach, es ist das Schließfach des Indianers, für das Sie sich interessieren«, sagte er und blinzelte Høyer unschuldig an. »Das hätten Sie doch sagen können. Er hat … hatte Schließfach Nummer eins.«

»Das hätten wir gerne geöffnet«, sagte Høyer. »Darf ich mal telefonieren, um einen Schlosser anzurufen?«

»Einen Schlosser?«, sagte der Alte. »Ob das denn nötig ist?«

»Ja, das ist es«, sagte Store Knud. »Der Kommissar hat nur einen Schlüssel. Der Indianer hatte beide, und der Teufel mag wissen, wo er den anderen versteckt hat.«

»Das weiß ich auch«, sagte Birdie und lächelte fast schüchtern.

»Was tust du?«, brüllte Store Knud. »Willst du damit sagen, dass du weißt, wo er ist?«

»Ja, ich habe ihn hier, du musst nur ein Stückchen zur Seite treten.«

Er dirigierte Store Knud sanft, aber bestimmt zur Seite und setzte sich auf den Schreibtischstuhl. Der Hotelbesitzer sah Høyer und Therkelsen an und zuckte mit den Schultern.

»Da sehen Sie es«, sagte er.

Der Alte zog eine Schublade heraus und kramte darin herum, während er sagte: »Ja, er hat ihn mir gegeben, als er das letzte Mal hier war, und mich gebeten, ihn wie meinen Augapfel zu bewachen.« Er schüttelte nachsichtig den Kopf. »Er war eben ein bisschen dramatisch.« Er hielt eine kleine Plastikschachtel hoch. »Hier ist er«, sagte er und reichte Høyer die Schachtel. »Der Schlüssel zu Schließfach Nummer eins.«

Einen Augenblick später standen Høyer und Therkelsen wieder vor den Schließfächern. Høyer steckte beide Schlüssel ins Schloss, schickte ein stummes Gebet gen Himmel und drehte zuerst den einen und dann den anderen herum. Er seufzte erleichtert, als das Schloss mit einem kleinen Klick aufsprang.

Er öffnete die Tür ganz und steckte die Hand in das Schließfach.

Die anderen standen völlig unbeweglich da und folgten seinen Bewegungen. Store Knud hielt sich ein wenig im Hintergrund, als habe er Angst, dass jemand plötzlich entdeckten könnte, dass er in Wirklichkeit hier nichts zu suchen hatte.

Høyers Hand tauchte wieder auf. Sie hielt ein Bündel mit Geldscheinen. Er reichte das Bündel Therkelsen, der einen Blick darauf warf.

»Dänisches Geld«, sagte er.

»Ja«, sagte Høyer.

Er hatte die Hand bereits wieder in das Schließfach gesteckt und holte ein weiteres Bündel mit Geldscheinen heraus. »Aber hier haben wir alles Mögliche«, sagte er und blätterte die Scheine flüchtig durch. »Dollars, Schweizer Franken, Gulden, Deutsche Mark und sogar japanische Yen.«

»Ist noch mehr da?«, fragte Therkelsen.

»Geld nicht«, sagte Høyer. »Das war nur die Ouvertüre. Jetzt kommen wir zum Eigentlichen – hoffe ich.«

Zum dritten Mal verschwand seine Hand in dem Schließfach und zum dritten Mal tauchte sie wieder auf.

Alle hielten die Luft an. Er hielt zwei Zigarrenetuis in der Hand.

»Was zum Teufel ist das?«, fragte Therkelsen.

»Zigarren?«, sagte Store Knud und wagte sich ein wenig näher heran. »Aber er rauchte keine Zigarren.«

»Es würde mich auch wundern, wenn da nur Zigarren drin wären«, sagte Høyer und öffnete eins der Etuis. Sechs große Zigarren lagen ordentlich in Reih und Glied nebeneinander. Høyer zog eine heraus. Die anderen starrten sie verblüfft an. Sie war nur zwei, drei Zentimeter lang. Høyer steckte vorsichtig einen Finger in die Öffnung, in der die Zigarre gesteckt hatte, gab auf, ging zur Rezeption und griff nach einem Kugelschreiber. Die anderen folgten ihm und standen in einem engen Kreis um ihn herum.

Er bewegte den Kugelschreiber vorsichtig hin und her und etwas Weißes kam zum Vorschein, die Ecke eines Stücks Papier.

Høyer legte den Kugelschreiber zur Seite, kniff Daumen und Zeigefinger um den Papierfetzen und zog vorsichtig daran. Einen Moment später lag ein kleines weißes Päckchen in seiner Hand.

»Heroin!«, sagte Therkelsen.

Høyer schüttelte den Kopf, ohne ein Wort zu sagen. Er

öffnete das Papierpäckchen an einem Ende und hielt es über die hohle Hand, während er es leicht schüttelte.

Dann lächelte er und hielt den drei anderen die Hand hin.

Therkelsen stieß einen lang gezogenen Pfiff aus.

Store Knud keuchte.

»Verdammt!«, rief er. »Diamanten.«

10

»Ja, Diamanten«, sagte Høyer und schloss die Hand um die glitzernden Steine.

Er sah sich im Vestibül um. Das müde Touristenpaar hatte schon lange das Interesse an ihnen verloren. Die Frau versuchte, ihre Füße wieder in ihre Schuhe zu zwängen.

»Sollten wir nicht besser im Büro weiterreden«, schlug er vor. »Es kommt mir irgendwie nicht richtig vor, mit einer Hand voll Diamanten mitten in einer Hotelhalle zu stehen.«

»Ich sollte auch besser sehen, dass ich in die Küche komme!«, sagte Store Knud. »Wenn Sie mich also nicht mehr …«

»Nein, warten Sie noch einen Moment«, sagte Høyer. »Es wäre mir lieber, wenn Sie mitkämen.«

Store Knud sah ihn fragend an, sagte jedoch nichts. Einen Augenblick später standen sie zu viert im Büro.

»Zunächst einmal halte ich es für eine gute Idee, das Geld zu zählen – hier und jetzt«, sagte Høyer. »Wenn Sie nichts dagegen haben.«

»Nein«, sagte der Hotelbesitzer verwirrt. »Aber wäre es nicht eine genauso gute Idee, alles mit auf die Wache zu nehmen und es dort zu zählen?«

»Denken Sie doch mal nach, Mann«, sagte Høyer. »Wir haben das Geld aus einem Schließfach in Ihrem Hotel geholt. Niemand weiß, um wie viel Geld es sich handelt. Oder wie viel da sein müsste. Der Einzige, der das wusste, ist tot. *Ich* weiß, dass Therkelsen ein ehrlicher Mann ist, und *er* weiß, dass ich ein ehrlicher Mann bin, und ich bilde mir ein, dass wir auch so angesehen werden. Aber stellen Sie sich einmal vor, irgendjemand – vielleicht einer der Erben – kommt auf die fixe Idee, dass Therkelsen und ich auf dem Weg zur Wache auf eine fixe Idee gekommen sind. Sie verstehen das Problem, nicht wahr? Deshalb schlage ich vor, das Geld hier und jetzt zu zählen. Das dauert nicht lange und Sie und der Herr da …«, Høyer zeigte mit der Hand auf den Alten, »unterschreiben anschließend hier.«

»Ach so, das meinen Sie«, sagte Store Knud, als ihm ein Licht aufging.

»Genau«, sagte Høyer.

»Dann lassen Sie es besser von Birdie zählen«, sagte Store Knud. »Er ist das gewohnt. Er zählt wie ein Bankkassierer.«

Der Alte hatte sich bereits auf dem Schreibtischstuhl niedergelassen. Es mochte sein, dass andere hin und wieder ihre Zweifel hatten, wer eigentlich das Hotel Royal führte, er hatte sie jedenfalls nicht.

Er zählte schnell und routiniert und band anschließend die Noten in kleinen, säuberlichen Bündeln zusammen.

»Dreizehntausendfünfhundert dänische Kronen«, sagte er, und Therkelsen notierte die Zahl.

»Was ist mit den hunderttausend im Safe?«, fragte Store Knud.

»Die nehmen wir auch besser mit«, sagte Høyer, ohne die Augen von den dünnen, knochigen Fingern des Alten zu lassen, die die Geldscheine zählten.

»Und zehntausend Dollar«, teilte der Alte einen Augenblick später mit.

»Weiß Gott, wer ihn wohl beerben mag?«, sinnierte

Store Knud. »Vermutlich seine Geschwister. Das würde ihn ärgern.«

»Zehntausend D-Mark«, ertönte die unbeirrbare Stimme des Alten. »Und tausend Yen.«

»An denen war er offenbar nicht sonderlich interessiert«, sagte Therkelsen.

»Und tausend Schweizer Franken«, schloss der Alte und schob das letzte Bündel Geldscheine zu Høyer hinüber. Dann stand er auf und ging zu dem Safe, öffnete die Tür und kam kurz darauf mit einem weiteren Bündel mit Geldscheinen zurück, das er neben die anderen legte. »Das sind die hunderttausend«, sagte er. »Aber die zählen Sie besser selbst.«

Høyer schob sie Therkelsen hin, der zu zählen begann. Man sah ihm deutlich an, dass er das nicht gewohnt war. Der Alte beobachtete ihn nachsichtig.

»Ach du meine Fresse, ist das langweilig«, sagte Therkelsen, als er halbwegs durch war.

Høyer lachte. »Der Fluch des Reichtums, aber ich denke, man könnte sich daran gewöhnen.«

»Es ist alles da«, sagte Therkelsen schließlich.

»Gut«, sagte Høyer. »Und jetzt zu den Steinen. Wir können sie nicht schätzen, aber wir können zumindest sehen, wie viele es sind.«

Nicht unter allen Zigarren waren Päckchen versteckt, stellten sie fest. Es war ein reiner Glücksfall gewesen, dass Høyer mit seiner Stichprobe Erfolg gehabt hatte.

Høyer öffnete die kleinen Päckchen eins nach dem anderen und ließ die Diamanten einzeln in den leeren Aschenbecher fallen, der auf dem Schreibtisch stand. Er musste unwillkürlich lächeln. Sie erinnerten an eine Schar Kinder, die sich eine Tüte Bonbons teilte. Es war einfach unfassbar, dass hier in diesem ganz gewöhnlichen Aschenbecher mit der blauen Aufschrift *HOTEL ROYAL* ein Vermögen vor ihnen lag.

»Weiß Gott, was die wert sind«, sagte Therkelsen. »Falls sie echt sind.«

»Natürlich sind die echt«, rief Store Knud und klang fast ein wenig verärgert.

»Verstehen Sie denn etwas von Diamanten?«, fragte Høyer.

»Nein, das nicht, aber … ich meine, die sehen doch verdammt echt aus, oder? Und warum zum Teufel sollte er sonst so viel Aufhebens darum machen?«

»Das letzte Argument ist das beste«, sagte Høyer. »Von uns kann niemand einen echten von einem falschen Diamanten unterscheiden, schätze ich.« Er kippte den Aschenbecher leicht, sodass sich das Licht in den Steinen spiegelte. »Das ist schon merkwürdig«, sagte er. »Falls sich herausstellt, dass die Steine hier nicht echt sind, lassen wir die Kinder damit spielen oder werfen sie weg, doch wenn sie echt sind, werden wir sie sicher unter Verschluss halten, weil sie ein Vermögen wert sind. Und wir können den Unterschied nicht einmal sehen. Absurd, nicht? Ich habe übrigens einmal gelesen, dass viele Frauen, die Schmuck mit echten Diamanten besitzen, ihn nie tragen. Sie lassen sich stattdessen Kopien anfertigen. Wozu zum Teufel soll das gut sein? Na schön, das ist eins der Dinge, die ich nie verstehen werde. Wie so vieles andere.«

Er ließ die Diamanten vorsichtig wieder in das Zigarrenetui gleiten, einen nach dem anderen.

»Zwanzig«, sagte Therkelsen. »Das ist ein Vermögen.«

Er hatte eine Quittung ausgestellt und schob sie Store

Knud und dem alten Portier hin, damit beide ihre Namen daruntersetzen konnten.

Der Hotelbesitzer sah Høyer an. »Sind Sie es nicht, auf den geschossen wurde?«, fragte er plötzlich.

»Ja«, sagte Høyer. »Aber ich sollte nicht getroffen werden, es hat mich nur trotzdem erwischt.«

»Wie? Wann?«

»Heute Nacht.«

»Heute Nacht? Sie sehen nicht sonderlich tot aus«, stellte er fest. »Mir ist schon aufgefallen, dass Sie Schwierigkeiten beim Aufstehen haben, aber ich habe das auf Gicht zurückgeführt.«

»Gicht, aber nein«, protestierte Høyer. »Nein. Wissen Sie, wir gehören zu den Leuten, die selbst mit tödlichen Wunden ihrer Arbeit nachgehen, bis sie umfallen.«

»Er ist so fett, dass das Fett schon die Qualität einer schusssicheren Weste hat«, lachte Therkelsen. »Die Kugeln gehen durch seinen Fettpanzer nicht durch.«

»Danke, jetzt reicht es aber«, sagte Høyer. »Da wäre noch etwas anderes.« Er drehte sich zu dem Alten um.

»Ist es in Ordnung, wenn ich jetzt gehe?«, fragte Store Knud. »Ich muss in die Küche, um dort nach dem Rechten zu sehen. Sonst bekomme ich nie einen Stern im Michelin.«

»Ja, das ist in Ordnung«, sagte Høyer. »Wir gehen auch gleich.«

Store Knud verließ das Büro und Høyer drehte sich zu dem Alten um.

»Wann hat der Indianer Ihnen den Schlüssel gegeben, den Sie hier haben? Sie hatten ihn nicht von Anfang an, stimmt's?«

»Nein«, er schüttelte den Kopf. »Einen der Schlüssel

trug er immer bei sich, und ich glaube, dass er den anderen in seiner Wohnung im *Dosenpalast* versteckt hatte.«

»Warum glauben Sie das?«

»Als er ihn mir bei seinem letzten Besuch gegeben hat, sagte er, dass man ihn in seiner Wohnung viel zu leicht finden würde. Und dann hat er noch gesagt, dass sie ihn nur niederzuschlagen bräuchten, um an den zweiten Schlüssel zu kommen, den er immer bei sich trug, wenn sie den hier erst gefunden hätten.«

Høyer nickte. Das hatte der Indianer möglicherweise gedacht, aber dann hatte er sich anders besonnen und den Schlüssel Grete Krag zur Aufbewahrung gegeben.

»Er hat nicht gesagt, wer *die* waren?«, fragte er.

»Nein, er hat gelächelt, als er das sagte, so als mache er einen Witz, aber ich fand trotzdem, dass er ein wenig ... nicht nervös, nein, eher aufgedreht wirkte. Als lande er gerade einen großen Coup. Als führe er jemanden an der Nase herum.«

Høyer dachte kurz nach.

»Ich verstehe das trotzdem nicht ganz«, sagte er schließlich. »Der Vorteil eines Hotelschließfachs besteht doch darin, dass man es jederzeit leeren kann. Und dieser Vorteil war in dem Augenblick aufgehoben, als er Ihnen den Schlüssel gab.«

»Wieso?«, fragte der Alte. »Ich bin doch die ganze Zeit hier. Ich mache nach dem Mittagessen einen kurzen Spaziergang und einen langen nach dem Abendessen, aber davon einmal abgesehen, bin ich immer hier.«

Høyer lächelte ein wenig nachsichtig. »Sie wollen doch nicht sagen, dass Sie rund um die Uhr hier sind?«

»Doch«, sagte der Alte.

»Es muss doch einen Nachtportier geben.«

»Ja. Mich.« Er blinzelte Høyer zufrieden an.

»Ja, aber verdammt, Mann!«, rief Høyer fast verzweifelt. »Sie müssen doch irgendwann einmal schlafen.«

Der Alte lachte ein weiches, glucksendes Lachen. »Das tue ich auch. Ich schlafe da.«

Er zeigte auf den Diwan.

»Oh Mannomann!«

»Ach, ich brauche nicht viel Schlaf. Das ist nun einmal so bei alten Menschen. Und um zwölf schließen wir die Außentür ab. Unsere Gäste kommen selten später, und falls doch, klingeln sie. Ich werde nicht oft gestört.«

»Hmm«, brummte Høyer.

Er stützte sich an dem Schreibtisch ab. Er wurde langsam müde und die Wunde schmerzte, aber sein Gehirn arbeitete auf Hochtouren. Er hatte das Gefühl, dass sich langsam alles ineinander fügte. Aber noch immer fehlten ihm einige Teile.

Er sah Therkelsen auffordernd an. Jetzt musste er übernehmen.

Therkelsen zuckte mit den Schultern. Ihm war noch immer nicht richtig klar, in welchen Bahnen sich Høyers Gedanken bewegten. Er musste es eben mit Fingerspitzengefühl versuchen.

»Er hat Ihnen den Schlüssel vor sechs Wochen gegeben«, sagte Therkelsen und der Alte drehte ein wenig verblüfft den Kopf und sah ihn an, als wundere er sich, dass Therkelsen sich jetzt auch in das Gespräch einschaltete.

»Ja«, sagte er.

»War das das letzte Mal, dass Sie ihn gesehen oder gehört haben?«

»Es war das letzte Mal, dass ich ihn gesehen habe«, sagte der Alte. »Aber ich habe an dem Abend, an dem er erschossen wurde, mit ihm gesprochen.«

»Hier?«, fragte Therkelsen verblüfft.

»Nein, am Telefon. Er hat angekündigt, dass er im Laufe der Nacht hereinschauen wird. ›Nur damit Sie gewarnt sind‹, hat er gesagt.«

»Wann war das?«

»Um zehn. Das kann ich deshalb so genau sagen, weil ich mich daran erinnere, dass die Kirchturmuhr geschlagen hat.«

Høyer blickte auf und sah ihn nachdenklich an.

»Und Sie sind sich ganz sicher, dass es zehn Uhr war?«, fragte er. »Hätte es nicht ebenso gut elf Uhr gewesen sein können?«

»Nein, es war zehn. Ich saß noch bei meinem Kaffee. Ich trinke meinen Kaffee immer zwischen halb zehn und zehn.«

»Ja, dann muss es wohl zehn Uhr gewesen sein«, sagte Høyer.

Therkelsen sah ihn fragend an und Høyer schüttelte leicht den Kopf. »Das war es dann wohl«, sagte Therkelsen. »Wir sollten sehen, dass wir mit den Kronjuwelen auf die Wache kommen.«

Sie gingen ins Vestibül hinaus und der Alte nahm seinen Platz an der Rezeption wieder ein.

Høyer machte den Eindruck, als könne er sich nicht entschließen zu gehen.

»Es ist ein bisschen schwül hier, finden Sie nicht?«

»Ich finde, hier ist es sehr angenehm«, sagte der Alte gekränkt. »Hier ist es kühler als draußen.«

»Ist es das wirklich?«, sagte Høyer. Er sah auf seine Uhr. »Ich hätte gedacht, dass es angenehmer wäre, die

Türen zur Straße offen stehen zu lassen«, sagte er im Plauderton. »Dann kommt etwas Luft herein.«

»Luft!«, schnaubte der Alte. »Nein, Autoabgase und Lärm kämen herein. Wir halten die Türen immer geschlossen.«

»Was Sie nicht sagen«, erwiderte Høyer. »Ja, ja, man lernt, solange man lebt, nicht wahr?« Er sah erneut auf die Uhr. »Na dann, danke für Ihre Hilfe. Auf Wiedersehen.«

»Ja, ja, nein, nein!«, zog Therkelsen ihn auf, als er den Wagen startete. »Das war fast zu dick aufgetragen. Man lernt, solange man lebt. Zuerst habe ich gedacht, du redest wirres Zeug, aber dann dämmerte es mir. Es ist jetzt genau 17.06 Uhr und wir haben keine Kirchturmuhr schlagen hören. Darauf wolltest du doch hinaus, stimmt's?«

»Natürlich. *Wir* haben keine Kirchturmuhr gehört und *er* hat keine Kirchturmuhr gehört. Man kann sie im Vestibül nicht hören und im Büro schon gar nicht. Warum hat er versucht, uns das glauben zu machen? Warum wollte er, dass wir glauben, dass der Indianer genau um zehn angerufen hat? Wir wissen, dass er zu dieser Zeit draußen bei seiner Schwester war und laut ihrer Aussage niemanden angerufen hat. Nicht einmal ein Taxi. Also hat er auch Birdie-Birdie-Mann nicht angerufen. Warum will er uns das glauben machen?«

»Kann es sein, dass er und Store Knud ...«, begann Therkelsen, unterbrach sich jedoch selbst. »Nein, das ist völlig unsinnig. Ich gebe auf. Jedenfalls vorläufig. Darüber muss ich noch eine Weile nachdenken.«

»Ich auch«, sagte Høyer. »Vielleicht sollten wir erst

einmal etwas essen. Ich bin hungrig wie ein Wolf und habe einen knochentrockenen Hals. Die Geizhälse haben uns ja nicht einmal etwas zu trinken oder zu essen angeboten.«

»Dazu hatten sie eigentlich auch keine Gelegenheit«, nahm Therkelsen sie in Schutz.

»Nein, vielleicht nicht«, sagte Høyer und klopfte im gleichen Augenblick zufrieden auf seine Tasche. »Sie gaben uns Steine für Brot und manchmal kommt es genau darauf an.«

Therkelsen sah ihn an, schüttelte dann den Kopf und lächelte.

»Weißt du was, Høyer?«, sagte er eine halbe Stunde später, während er den Hörer auflegte. »Du solltest häufiger auf dich schießen lassen.«

»Lieber nicht«, sagte Høyer. »Warum?«

»Es hat eine verblüffende Wirkung auf meine Frau. In der Regel wird sie sauer, wenn ich anrufe und sage, dass ich nicht so bald nach Hause käme, aber heute war sie nichts als liebende Fürsorge und hat gefragt, ob wir auch etwas zu essen bekämen, und dann hat sie uns noch viel Erfolg gewünscht und gesagt, dass ich auf mich aufpassen soll und so. Schön! Sie hat sogar gebrüllt, weil natürlich Musik im Hintergrund plärrte und einer kaum das Wort des anderen verstand.«

Høyers Schreibtisch sah aus, als sollte dort ein Picknick stattfinden. Die Kantine hatte geschlossen, als sie zurückkamen, sodass sie sich mit Brathähnchen, Fritten und Bier eindecken mussten.

Bach und Larsen nahmen an der opulenten Mahlzeit teil und ließen sich bei der Gelegenheit von dem Besuch bei Store Knud und seinem sonderbaren Waffenträger berichten.

Høyer studierte eingehend einen Hähnchenschenkel, bevor er hineinbiss.

»Eigentlich sind es nur drei Dinge, die ich an Brathähnchen nicht mag«, sagte er. »Und zwar den Geruch, den Geschmack und die Konsistenz.«

»Die Fritten sind noch schlimmer«, sagte Bach.

»Das finde ich nicht«, sagte Høyer. »Mit denen ist es doch genau dasselbe. Woraus zum Teufel werden die eigentlich hergestellt? Selbst gemachte Fritten schmecken doch ganz gut.«

»Du kannst es nicht ewig hinauszögern, Høyer«, sagte Larsen. »Wir wollen die Diamanten sehen, sonst glauben wir dir nicht.«

»Wo sind die eigentlich?«, fragte Bach.

Høyer klopfte auf seine Tasche. »Hier«, sagte er. »Aber ich muss mir erst die Hände waschen.«

Er warf den Hähnchenschenkel in einem eleganten Bogen in den Papierkorb und verschwand auf den Gang hinaus.

Bach sah ihm nach. »Er kann doch nicht immer noch weitermachen«, sagte er. »Auf den Mann ist heute Nacht geschossen worden!«

Therkelsen zuckte mit den Schultern. »Er ist noch ein Vorkriegsmodell. Der ist nicht kleinzukriegen. Im Hotel Royal sah er zwischendurch richtig schlecht aus. Ich hatte schon Sorge, dass er umkippt, aber dann lebte er wieder auf.«

Høyer kam zurück, zog die Zigarrenetuis aus der Tasche, schüttelte beide und legte eines von ihnen auf den Tisch.

»Wir haben sie alle in ein Etui gesteckt«, sagte er. »Der Einfachheit halber.«

Es herrschte andächtige Stille, als er vorsichtig die Diamanten in seine Hand kippte. Er legte sie auf die grüne Linoleumunterlage.

»Na, was sagt ihr jetzt?«

»Verdammt!«, murmelte Larsen beeindruckt.

»Was glaubt ihr, was die wert sind?«, fragte Bach.

»Keine Ahnung«, sagte Høyer. »Aber ich habe Goldschmied Hanberg angerufen und ihn gebeten zu kommen und sie sich anzusehen. Er kann zumindest sagen, ob sie echt sind.«

»Ich habe meiner Frau einen Brillantring zum Geburtstag geschenkt«, sagte Larsen. »Der Stein ist so groß wie ein Stecknadelkopf und hat sechshundert Kronen gekostet.«

»Du bist verrückt«, sagte Therkelsen. »Die Frau eines Polizisten trägt keine Diamanten.«

»Sie ist vierzig geworden«, murmelte Larsen entschuldigend.

»Na schön, dann hat sie natürlich Trost gebraucht«, lachte Therkelsen.

Høyer schnippte vorsichtig gegen einen der Diamanten, der anfing zu funkeln.

»An was denkt ihr bei Diamanten?«, fragte er.

»An Mädchen!«, riefen Bach und Larsen im Chor, und Bach fügte summend hinzu: »For diamonds are a girl's best friend.«

Høyer schüttelte resigniert den Kopf. »Ja, das hätte ich mir auch denken können. Es soll ja Leute geben, die an nichts anderes denken. Ich hätte gerne einen seriösen Vorschlag.«

»Das ist jetzt zwar kein Vorschlag«, sagte Therkelsen, »aber wir können wohl davon ausgehen, dass der Indianer sie nicht selbst ausgegraben hat. Er dürfte sie eher als Bezahlung für irgendetwas bekommen haben. Und sie sollten vermutlich an denjenigen weitergegeben werden, der die Ware geliefert hat.«

»Oder der sie zunächst einmal bezahlt hat«, warf Høyer ein. »Ja, das halte ich auch für eine qualifizierte Vermutung.«

»Du meinst, er war eine Art Kurier?« Bach sah ihn fragend an.

»Kurier oder Mittelsmann, nenn es, wie du willst«, sagte Høyer.

»Dann kann es sich doch nur um Drogen gehandelt haben, oder?«, meinte Larsen.

»Das ist eine Möglichkeit«, räumte Høyer ein. »Aber es gibt noch andere. Ihr habt mir noch immer nicht gesagt, woran ihr bei Diamanten denkt.«

Therkelsen sah die Diamanten an, dann hob er plötzlich den Kopf. »An Südafrika!«, rief er triumphierend.

»Genau«, sagte Høyer. Er schüttelte in einer Art widerwilliger Bewunderung langsam den Kopf. »Und der Kerl hatte auch noch die Frechheit, hier zu sitzen und mir die ganze Geschichte ins Gesicht zu sagen. Das muss ihn wirklich amüsiert haben. Das war typisch für den Indianer. Und ich Idiot habe nicht das kleinste bisschen begriffen, weil ich nur darüber nachgedacht habe, warum er ohne Weiteres dazu bereit war, die drei Tage in U-Haft zu sitzen.«

Die anderen sahen ihn verständnislos an.

»Wann hat er dir die ganze Geschichte erzählt?«, fragte Therkelsen. »Und wo?«

»Hier«, rief Høyer. »Genau hier in diesem Büro, am Mittwochvormittag. ›Kohlenhändler ist nicht gerade mein Stil, Høyer!‹ Das hat er, Gott steh mir bei, gesagt, ohne eine Miene zu verziehen, obwohl er gewusst hat, dass er *Kohle* für ich weiß nicht wie viele tausend Kronen in dem verdammten Schließfach liegen hatte.«

»Ja, aber glaubst du wirklich ...?«, begann Bach.

»Ja, das glaube ich wirklich«, unterbrach ihn Høyer. »Er muss sich innerlich ins Fäustchen gelacht haben. Und damit nicht genug, er hatte sogar die enorme Dreistigkeit, mir zu sagen, womit er mit den Südafrikanern gehandelt hat.«

»Hat er nicht von Nähmaschinen gesprochen?«, fragte Therkelsen.

»Das auch, aber die meine ich nicht. Er hat von Lochmaschinen gesprochen und das habe ich auch nicht begriffen, auch wenn das idiotisch klingt.«

Høyer ließ seine Hand nachdenklich über das Kinn gleiten. »Ja, er ist der Wahrheit ganz schön nahe gekommen, der Indianer.«

»Lochmaschinen?«, wiederholte Larsen verständnislos.

»Ja, Lochmaschinen«, sagte Høyer und tat, als hielte er eine Maschinenpistole in der Hand. »Ratatatatata!«

»Waffen!«, rief Therkelsen. »Ja, verdammt, das ist wirklich mehr sein Stil. Illegale Waffentransporte.«

»Aber wen wollte er übers Ohr hauen?«, fragte Larsen. »Die Diamanten wird er doch erst nach Lieferung der Waffen bekommen haben, sodass wir den Mörder sicher nicht an diesem Ende finden werden.«

»Stimmt«, sagte Therkelsen. »Und ich glaube auch nicht, dass man ihm nur aufgrund seines ehrlichen Gesichts eine Waffenladung ausgeliefert hat. Er wird schon

Kohle gezeigt haben müssen. Denke ich. Andererseits weiß ich überhaupt nichts über den Waffenhandel.«

»Auch da gibt es bestimmt mehrere Vorgehensweisen«, meinte Høyer. »Je nach Zeit, Ort und involvierten Parteien. Aber in diesem speziellen Fall scheint es so gewesen zu sein, dass der Indianer einen oder mehrere Hintermänner gehabt hat, die Kapital in ein Geschäft investiert haben. Natürlich in der Erwartung, es mit Zins und Zinseszins zurückzubekommen. So!« Er zeigte auf die Diamanten. »Und den- oder diejenigen müssen wir meiner Meinung nach finden. Es muss sich um Leute handeln, die ihn sehr gut kannten.«

»Warum glaubst du das?«

»Zum einen wussten sie, wo er wohnte, aber das ist nur die eine Sache. Entscheidender ist, dass sie offenbar auch von seiner Verbindung zu Grete Krag wussten und sich vorstellen konnten, dass er zu ihr fahren würde.«

»Worauf gründest du diese Theorie?«

»Der Indianer war nicht dumm. Er hat gewusst, dass er mit dem Feuer spielte, und vermutlich auch, dass er beschattet wurde. So weit wir das nachvollziehen konnten, hat er sich zu Fuß bewegt, seit er in die Stadt gekommen ist. Er kannte sie wie seine eigene Westentasche, deshalb bin ich überzeugt, dass er das getan hat, um einen eventuellen Verfolger abzuschütteln. Sowohl als er zu der Schwester rausgefahren ist als auch auf der Rückfahrt. Und ich kann mir nicht vorstellen, dass ihm das nicht geglückt sein soll. Trotzdem scheint ihn sein Verfolger aufgespürt und mitbekommen zu haben, dass er festgenommen wurde.«

»Mit Verfolger meinst du wohl auch den Typen, der auf ihn geschossen hat, nicht?«, fragte Bach.

»Ja«, sagte Høyer. »Aber er ist in dieser Beziehung eigentlich uninteressant. Er war bestimmt für den Job angeheuert, für diesen speziellen Job, und wie ich schon früher gesagt habe, dürfte er inzwischen über alle Berge sein.«

»Wenn es wirklich Carsten Jensen war, ist er vielleicht doch nicht so uninteressant«, sagte Bach. »Wir haben seinen gesamten Lebenslauf von der Kripo in Kopenhagen bekommen und ein Detail ist mir sofort ins Auge gesprungen. Er hat einmal hier in der Stadt gearbeitet. In einem festen Job. Natürlich ist das einige Jahre her und war auch nur für ein paar Monate, aber trotzdem.«

»Wo hat er gearbeitet?«, fragte Høyer ohne größeres Interesse.

»Er war Lagerarbeiter bei der Schrøder AG«, sagte Bach gelassen, aber mit einem triumphierenden Unterton.

Høyer sah ihn verblüfft an. »Ja, das ist auf jeden Fall interessant. Das ist sogar ungeheuer interessant.« Er rieb eifrig sein Ohrläppchen. »Ja, das *ist* interessant«, wiederholte er. »Und wo stehen wir jetzt? Rekapitulieren wir. Der Hintermann beziehungsweise die Hintermänner entdecken, dass der Indianer sie hereinlegen will. Vielleicht schöpfen sie Verdacht, als sie mitbekommen, dass er seine Wohnung verkauft hat. Sie wissen, dass er ein Schließfach bei Store Knud hat, wie immer sie das herausgefunden haben, und rechnen damit, dass er den Schlüssel dazu bei sich trägt. Zunächst war vermutlich nur beabsichtigt, ihn niederzuschlagen, um an den Schlüssel zu kommen. Aber das ging schief. Der Indianer wurde festgenommen und da haben sie kalte Füße bekommen. Vielleicht hatten sie Angst, dass wir der Wahrheit zu nahe kommen und er uns die ganze Geschichte auf einem silbernen Tablett serviert, oder – und das glaube ich eigentlich eher – sie haben damit gerechnet, dass sie Store Knud dazu bringen können, das Schließfach für sie zu öffnen und ihnen den Inhalt auszuhändigen, wenn der Indianer erst tot und es still um den Fall geworden ist.«

»Das klingt plausibel«, sagte Therkelsen.

Høyer nickte zufrieden. »Das finde ich auch. Aber mir fehlt noch immer eine Erklärung dafür, warum uns der verdammte Portier mit der Uhr angelogen hat.«

»Du glaubst doch nicht etwa, dass er darin verwickelt ist, oder?«, fragte Bach.

»Wer weiß«, sagte Høyer. »Ich wage nichts zu beschwören. Er weiß jedenfalls alles, was es über den Indianer zu wissen gibt.«

»Das trifft auch auf Grete Krag zu«, sagte Therkelsen trocken.

»Bist du verrückt, Mann«, sagte Høyer. »Sie bekäme ihr Brot in den falschen Hals, wenn sie dich reden hörte.«

»Hat er denn wirklich Kirchturmuhr gesagt?«, fragte Bach. »Hat er nicht einfach Uhr gesagt?«

»Worauf willst du hinaus?«, fragte Larsen.

»Dass die Erklärung vielleicht einfach die ist, dass der Anruf wirklich um zehn Uhr kam«, sagte Bach.

»Er hat Kirchturmuhr gesagt«, behauptete Høyer. »Da bin ich mir ganz sicher. Nicht wahr, Therkelsen?«

»Ja«, sagte Therkelsen und nickte bekräftigend.

»Er kann sich ja versprochen haben«, sagte Bach. »Außerdem wäre es denkbar, dass er eine Uhr im Hintergrund gehört hat, so wie Therkelsen vorhin die Musik. Er war doch draußen bei der Schwester und die hat bestimmt irgendeine antike Uhr, die die Stunde schlägt.«

»Das wäre natürlich eine Möglichkeit«, räumte Høyer ein. »Aber darüber können wir uns schnell Klarheit verschaffen.«

Er griff nach dem Telefon und wählte die Nummer des Hotel Royal.

Einen Augenblick später hörte er die sanfte, tiefe Stimme im Hörer.

»Hotel Royal.«

»Ja, Høyer, guten Tag. Hören Sie mal, Sie haben doch gesagt, dass Sie gehört haben, wie die Kirchturmuhr zehn schlug. Können Sie die wirklich hören, wenn Sie an der Rezeption sitzen?«

Der Alte lachte gedämpft. »Nein, Herr Kommissar, ich habe zwar noch immer gute Ohren, aber selbst ich kann die Uhr hier nicht hören. Ich habe sie am Telefon gehört.«

»Sie haben also eine Uhr am Telefon gehört, aber ...«

Der Alte unterbrach ihn. »Ich habe nicht eine Uhr gehört, ich habe die Kirchturmuhr gehört.«

»Kann es sich nicht um eine Standuhr gehandelt haben? Ich meine ...«

»Das war die Kirchturmuhr. Mit Glockenspiel und allem. Ich höre diese Uhr jeden Tag, wenn ich meinen Spaziergang mache, sodass ich mich in dem Punkt bestimmt nicht irre.«

»Nein, das tun Sie wohl nicht. Ja dann, vielen Dank.«

Høyer legte den Hörer auf und sah die anderen an.

»Das wäre also die Erklärung«, sagte Bach.

»Tja«, sagte Høyer.

»Du klingst nicht gerade zufrieden«, sagte Therkelsen.

»Nein«, räumte Høyer ein. »Dann muss er von einer Telefonzelle aus angerufen haben. Von der Stadt aus.« Er nickte langsam. »Und das ändert natürlich das gesamte Bild. Wir müssen es um mindestens 180 Grad drehen.«

»Was machen wir jetzt?«, fragte Therkelsen. »Fahren wir raus?«

»Ja«, sagte Høyer. »Ihr könnt euch schon mal fertig machen. Ich will nur noch einen Anruf tätigen.«

»Wen willst du anrufen?«, fragte Bach.

»Grete Krag«, sagte Høyer und griff zum Telefon.

Er hörte es viele Male klingeln, bevor jemand abnahm. Sie klang außer Atem.

»Ach, Sie sind das. Sie müssen entschuldigen, dass es so lange gedauert hat. Ich war unten im Garten, um ein paar Blumen für die Wohnung zu holen. Hans Martins Schwester hat angerufen und gesagt, dass sie heute Abend vorbeikommen will, wenn ihr Bruder wieder gegangen ist. Sie halten wohl eine Art Beerdigungsessen ab.«

»Schön, schön«, sagte Høyer. »Sagen Sie, der Schlüssel, den er Ihnen gegeben hat, war das der, den er sonst immer bei sich trug?«

»Ja«, sagte sie ein wenig verblüfft. »Das war er.«

»Wo hatte er ihn sonst?«

»Wo?«, wiederholte sie verwirrt, als hätte sie die Frage nicht verstanden. »Er trug ihn gewöhnlich an einer Kette um den Hals.«

11

Die Tür wurde ihnen von einem großen, dunkelhaarigen Mann in den Vierzigern mit braunen Augen und einem leicht goldenen Teint geöffnet. Ein schöner Mann, wäre da nicht der bittere Ausdruck um den Mund und nicht zuletzt um die Augen, dachte Høyer. Die braunen Augen sahen müde aus – todmüde.

»Peter Jacobsen?«, fragte Høyer, und als der andere nickte, fuhr er fort: »Kriminalpolizei, dürfen wir hereinkommen?«

Der Mann warf einen Blick über ihre Schultern die Einfahrt hinunter, wo Bach und Larsen gerade aus ihrem Auto stiegen, dann richtete er ihn wieder auf Høyer und Therkelsen.

»Natürlich«, sagte er und öffnete die Tür ganz. Er trat zur Seite, um sie hereinzulassen, und ging ihnen dann voraus zu einer Flügeltür am entgegengesetzten Ende der Diele. »Hier entlang.« Er drehte sich halb zu Høyer um. »Ich nehme an, Sie sind gekommen, um über den unglückseligen Bruder meiner Frau zu sprechen.«

Die Worte klangen unecht, aber Høyer hatte immer wieder erlebt, dass die Leute Zuflucht zu solchen Klischees nahmen, wenn große Tragödien oder unerwartete Ereignisse auf sie einstürmten, egal wie echt ihre Gefühle waren.

»Ja«, sagte Høyer. »Soweit ich verstanden habe, ist Ihr Schwager auch anwesend?«

»Ja. Wir sind nach der Beerdigung alle drei zu uns nach Hause gefahren«, erklärte Peter Jacobsen. »Es waren ja …

noch einige Dinge zu regeln, unter anderem was das Erbe angeht.«

Letzteres sagte er laut, indem er die Tür zum Wohnzimmer öffnete.

Høyer zweifelte nicht, dass das das Stichwort für Poul Schrøder war, der sich höflich erhob und sie begrüßte, als sie ins Zimmer traten. Er sah – falls das überhaupt möglich war – noch unauffälliger aus als beim letzten Mal. Er wirkte einfach fehl am Platz in dem eleganten Ambiente der Schwester. Høyer sah sich um. Das Wohnzimmer war in Weiß und Gold gehalten und wirkte leicht und schwerelos, fast unwirklich, mit den durchsichtigen Acryltischen und den zarten Stahlgestellen der Stühle.

»Was das Erbe angeht, ist nicht mehr viel zu besprechen«, sagte Schrøder. »Er hat offensichtlich ein Testament gemacht, und ich glaube nicht, dass wir das anfechten können.« Er drehte sich zu Høyer um. »Grete Krag ist die Universalerbin.«

»Wessen Universalerbin?«, fragte Høyer. »Die Ihres Bruders oder die von Martin Nielsen?«

Der andere antwortete nicht.

Høyer legte den Kopf schief und lauschte. In der oberen Etage waren leichte Schritte zu hören.

»Wo ist Ihre Frau?«, fragte er Jacobsen. »Ich würde es vorziehen, wenn sie auch anwesend wäre.«

»Sie … sie ist vor ein paar Minuten nach oben gegangen. Sie war erschöpft, aber sie kommt bestimmt bald wieder herunter.«

Er setzte sich und griff nach dem Glas, das er auf einem der niedrigen Tische abgestellt hatte.

»Möchten Sie sich nicht setzen?«, fragte er und zeigte auf ein paar Stühle.

»Nein danke«, sagte Høyer. »Ich nicht.«

Therkelsen setzte sich so vorsichtig, als erwarte er, dass der Stuhl unter ihm zusammenbrechen würde.

Peter Jacobsen trank einen Schluck von seinem Drink und stellte das Glas zurück auf den Tisch. Høyer fiel auf, dass seine Hand zitterte. Der Mann stand offenbar am Rande eines Nervenzusammenbruchs. Selbst seine Stimme klang unsicher, als er in dem vergeblichen Versuch, einen leichten Ton anzuschlagen, sagte: »Sie haben vermutlich noch immer nicht herausgefunden, wer den Bruder meiner Frau umgebracht hat?«

»Doch, ich denke schon, dass wir das haben«, sagte Høyer. »Einer der Zeugen hat den Mann nach einer Fotografie definitiv erkannt. Leider ist er uns erst einmal entkommen, ins Ausland, wie es scheint, aber wir kriegen ihn – früher oder später.«

Poul Schrøder blickte schnell auf. »Wollen Sie damit sagen ..., dass der Fall abgeschlossen ist?«

In seiner Stimme lag ein Ansatz von Erleichterung. Oder traf Hoffnung es besser?

»Das kann man in gewisser Weise sagen«, antwortete Høyer. »Wir wissen, wer der Mörder ist, wir wissen auch, warum Martin Nielsen ermordet wurde, und wir wissen, *wer* dahintersteckt.«

Alle Farbe war aus Peter Jacobsens Gesicht gewichen. Therkelsen erhob sich halb aus seinem Stuhl. Der Mann sah aus, als würde er gleich in Ohnmacht fallen, aber er riss sich in einem Kraftakt zusammen und suchte in seiner Brusttasche nach einem Taschentuch, das er mit einer Hand zur Stirn führte, die jetzt so stark zitterte, dass Therkelsen verlegen wegsah.

Selbst Schrøders graues Gesicht war noch grauer geworden. »Und wer steckt dahinter?«, fragte er. »Was meinen Sie?«

»Wir glauben, dass Martins Mörder für die Tat bezahlt wurde. Sein Motiv war ausschließlich Geld. Das war auch das Motiv der Menschen, die den Mord in Auftrag gegeben haben, aber hier standen andere Summen auf dem Spiel«, sagte Høyer. Er sah Schrøder an. »Sie haben mich angelogen, als Sie gesagt haben, dass Sie Ihren Bruder mehrere Jahre nicht gesehen haben.«

»Mein Bruder ist vor fünf Jahren gestorben«, sagte Schrøder fast automatisch und wenig überzeugend.

»Ach, verschonen Sie uns doch damit«, rief Høyer, aber seine Stimme klang beinahe nachsichtig. Gegen seinen Willen empfand er fast eine Art Sympathie für diesen kleinen Mann, der so heroisch, lächerlich heroisch, versuchte, die Fassade zu wahren, während Gott weiß welch fürchterliche Stürme in seinem Inneren tobten. »Sie wissen ganz genau, dass Ihr Bruder vor Kurzem erschossen wurde. Und Sie haben mich angelogen. Ihr Bruder hat Sie vor einigen Monaten besucht. Er hat Sie in Ihrem Büro aufgesucht, um Ihnen ein Angebot zu unterbreiten.«

»Was wissen Sie darüber?«

»Stimmt das nicht?«

»Es stimmt, dass er mich aufgesucht hat.«

»Und er hat Ihnen ein Angebot unterbreitet.«

»So können Sie das auch nennen.«

»Worum ging es bei dem Angebot?«

»Er wollte mich zu einem Geschäft überreden.«

»Waffenhandel?«

»Das weiß ich nicht.« Schrøder presste die Lippen fest zusammen.

»Unsinn.«

»Das ist die Wahrheit. Er wollte, dass ich in irgendein Geschäft Geld investiere. Weiter sind wir nicht gekommen. Ich habe ihm gesagt, dass er der Letzte wäre, mit dem ich Geschäfte machen würde. Sie haben ihn doch gekannt. Können Sie sich vorstellen, dass er auch nur mit einem einigermaßen rechtschaffenen Vorschlag kommen würde? Nein, sicher nicht. Ich habe ihm gesagt, dass er verschwinden und sich von mir fern halten soll. Er war höchstens fünf Minuten bei mir. Fragen Sie meine Sekretärin. Fragen Sie die Dame an der Rezeption. Beide können das bestätigen.«

Høyer lauschte wieder. Noch immer waren oben Schritte zu hören. Kleine, feste, entschlossene Schritte. Er runzelte die Brauen. Dann wandte er sich wieder an Schrøder.

»Das *habe* ich«, sagte er. »Sie gefragt. Und ich glaube Ihnen. Aber Ihr Bruder hat seine Idee nicht fallen gelassen. Er ...«

Therkelsen hatte die Schritte ebenfalls gehört und jetzt unterbrach er Høyer, indem er sich an Jacobsen wandte: »Sagen Sie, wo bleibt eigentlich Ihre Frau?«, fragte er scharf.

Der andere zuckte mit den Schultern.

»Seien Sie so nett und rufen Sie sie. Und zwar sofort«, sagte Therkelsen und stand, von einer plötzlichen Unruhe getrieben, auf.

Peter Jacobsen öffnete die Tür zur Diele. Høyer und Therkelsen folgten ihm auf dem Fuße.

»Tania!«, rief er. »Kommst du bitte?«

Sie hörten kleine, bestimmte Schritte, die sich näherten, und dann tauchte eine rundliche Gestalt in Jeans und T-Shirt oben an der Treppe auf.

»Ihre Frau ist, unmittelbar bevor die Herren eingetroffen sind, gefahren«, rief sie. »Hat sie Ihnen nichts gesagt?«

»Gefahren? Wohin?«, Peter Jacobsen schrie fast.

»Das hat sie nicht gesagt.« Das Mädchen sah ihn erschrocken an.

Aber da waren Høyer und Therkelsen bereits auf dem Weg die Einfahrt hinunter. Sie blieben nur einen Moment stehen, um Bach und Larsen über die Situation aufzuklären.

»Ruf auf der Wache an, sie sollen einen Streifenwagen zum Kaj Lübkesvej 18 schicken«, sagte Høyer. »Sie ist dorthin gefahren und sie ist möglicherweise bewaffnet. Anschließend holt ihr die beiden Herren hier ab und bringt sie auf die Wache.«

»Ich Idiot! Ich Trottel!«, sagte Therkelsen, während er das Auto startete und auf die Straße bog. »Die Schritte – tripp-tripp-trapp –, das waren so eindeutig Frauenschritte, dass ich nicht weiter darüber nachgedacht habe. Aber so geht sie nicht. Sie geht wie ihr Bruder. Lautlos.«

»Wer denkt auch daran, dass es noch Leute gibt, die Hausangestellte haben«, tröstete Høyer, machte den Trost aber gleich wieder zunichte, indem er sagte: »Kannst du nicht schneller fahren?«

»Nein, verdammt. Hoffen wir, dass ein Streifenwagen in der Nähe war. Aber was will sie eigentlich dort?«

»Sie will den Schlüssel. Sie hat inzwischen erraten oder glaubt erraten zu haben, wo der Schlüssel ist«, antwortete Høyer.

Sie fuhren den Rest des Weges schweigend, einzig und allein darauf konzentriert, rechtzeitig anzukommen.

Vor Kamma Greves Haus parkte ein weißer Jaguar und

gleich dahinter ein Streifenwagen mit eingeschaltetem Blaulicht. Halb auf dem Bürgersteig mit dem Heck zum Eingang stand ein Krankenwagen mit offener Hintertür.

Høyer und Therkelsen sprangen aus dem Auto und liefen zum Eingang, dann blieben sie abrupt stehen.

Die beiden Sanitäter kamen im Eilschritt, eine Trage zwischen sich, den Gartenweg herauf. Sie schoben die Trage auf den Bürgersteig und hievten sie vorsichtig in den Krankenwagen. Høyer und Therkelsen sahen nur ein paar rote Haarsträhnen.

Direkt hinter der Trage folgte die Polizistin Winther.

»Ist sie tot?«, fragte Høyer.

Winther zuckte mit den Schultern. »Noch nicht. Soll ich mitfahren?«

Høyer sah sie an. Sie sah bleich, aber gefasst aus. Er nickte. »Ja, machen Sie das.«

Sie öffnete die Seitentür. Zögerte einen Augenblick mit dem Fuß auf dem Trittbrett und sah sie an. »Es war schrecklich«, sagte sie. »Es war wirklich schrecklich.«

Sie stieg ein und schloss die Tür, der Krankenwagen verschwand mit heulenden Sirenen die Straße hinunter.

Høyer und Therkelsen gingen langsam den Gartenweg hinauf.

»O nein!«, rief Høyer, als er die kleine Gruppe oben auf der Terrasse erblickte.

Vor dem Rosenbeet und dem duftenden Lavendel kniete Kamma Greve neben einem dunklen Bündel. Grete Krag stand hinter ihr, die eine Hand tröstend auf ihre Schulter gelegt. Ein kleines Stück entfernt stand der andere Polizist.

Frau Greve drehte den Kopf, als sie Høyers Schritte auf den Fliesen hörte.

»Sind Sie das, Herr Høyer?«, fragte sie tonlos.

Høyer nickte, aber dann erinnerte er sich, dass sie ihn nicht sehen konnte. »Ja.«

»Sie hat Marquis erschossen«, sagte sie mit derselben tonlosen Stimme. »Sie hat ihn erschossen, einfach so. Warum?«

»Sie hat Angst vor Schäferhunden«, sagte Høyer nur.

»Ist er tot?«, fragte Therkelsen.

»Ja«, sagte Frau Greve. »Er ist tot. Er war sofort tot. Hätte ich nur draußen gesessen, dann hätte er nicht gebellt. Als er gebellt hat, hat sie ...«

»Ja«, sagte Høyer. »Sie hat Angst bekommen und geschossen. Ich glaube nicht, dass sie ihn töten wollte.«

Aber wenn der Hund nicht gebellt hätte, was dann?, dachte er. Sie hatte offenbar die Pistole in der Hand gehabt. Bereit. Zu was? Um zu drohen oder um zu morden, falls es notwendig werden sollte?

Høyer ging zu dem Polizisten.

»Sie hatte gerade den Hund erschossen, als wir kamen«, sagte der Polizist. Er sah erschüttert aus. »Sie hatte die Pistole auf die alte Dame gerichtet. Wir sind den Gartenweg hochgelaufen und ich habe ihr irgendetwas zugerufen. Da hat sie sich umgedreht, ganz langsam, wie in Zeitlupe, hat uns angesehen und ...«, er schluckte, »... und sich die Pistole an die Schläfe gesetzt und abgedrückt.« Er schüttelte den Kopf. »Da war nichts zu machen. Wir sind nur eine Minute zu spät gekommen oder vielleicht waren es auch nur Sekunden.«

Høyer nickte und klopfte ihm auf die Schulter.

Grete Krag trat zögernd zu ihm. Ihr Gesicht war bleich unter der Sonnenbräune.

»Warum hat sie das getan?«, fragte sie. »Was wollte sie?«

Høyer zuckte mit den Schultern.

»Das Glück«, sagte er. »Das wollen wir doch alle, nicht? Aber das hat sie unterwegs vielleicht vergessen.«

Ihr ehrliches Pfadfindergesicht sah ihn ratlos an. »Ja, aber …«

»Den Schlüssel«, erklärte er. »Sie wollte den Schlüssel. Sie hat geglaubt, Sie hätten ihn.«

»Ach«, sagte sie, ohne ihn ganz zu verstehen. Dann wurden ihre Augen groß. »Soll das heißen, dass sie … ihren eigenen Bruder?«

»Jedenfalls stand sie hinter dem Ganzen.«

Zerstörung und Selbstzerstörung. Zwei Seiten derselben Medaille. Mord und Selbstmord. Sie hatte das Glas wirklich bis zur Neige geleert.

»Gott im Himmel, bin ich müde!«, rief Høyer einige Stunden später, als alles überstanden war. »Ich habe das Gefühl, das war der längste Tag meines Lebens.«

»Du hast gut reden«, sagte Therkelsen. »Du bist doch erst gegen Mittag aufgekreuzt.«

Høyer schüttelte den Kopf. »Manchmal kannst du so was von unverschämt sein«, sagte er. »Wenn ich nicht gekommen wäre, wärt ihr doch noch immer auf der Jagd nach irgendwelchen Typen, die möglicherweise ein Hühnchen mit mir zu rupfen haben könnten. Ha!«

»Ich habe übrigens fast bis zum Schluss geglaubt, dass es der Bruder war«, gab Bach zu. »Das hast du eine Zeit lang auch, nicht?«

»Nein, nicht der Bruder«, sagte Høyer. »Ich will nicht behaupten, dass er normal ist, aber wer ist das schon, wenn es darauf ankommt. Ihr habt ihn selbst erlebt und er ist nicht einfach. Die Erklärung dafür muss man wohl ebenso wie die für das Wesen des Indianers und das merkwürdige Hass-Liebe-Verhältnis der drei Geschwister untereinander in der Kindheit suchen. Poul Schrøder hat mir heute Nacht erzählt, dass der Vater sie in gewisser Weise immer ein wenig verachtet hat, alle drei. Weil sie *Kapitalistenkinder* waren, wie er es ausgedrückt hat, wie absurd das auch klingen mag. Kamen sie gut zurecht, war es nicht ihr Verdienst, kamen sie schlecht zurecht, war es genau das, was man von ihnen erwartete. Er hat sie nie anerkannt. Sein eigener Vater war Fahrradschlosser gewesen und er selbst hatte *den großen Sprung geschafft.* Seine Kinder hatten nie eine Chance zu zeigen, was sie konnten. Abgesehen von dem Indianer vielleicht.« Høyer seufzte leicht. »Nein, zuerst habe ich auch falsch getippt. Ich dachte, dass es Peter Jacobsen war. Erst als mir die Kette einfiel, ist mir klar geworden, dass die Schwester zumindest auch darin verwickelt sein musste. Sie hatte damit gerechnet, die Kette in seinen Hinterlassenschaften zu finden. Das Verrückte ist, dass sie nicht wusste, dass es zwei Schlüssel gab. Der Indianer hatte ihr, unmittelbar nachdem er das Schließfach gemietet hatte, den Schlüssel gezeigt und erzählt, dass er ihn immer an einer Kette um den Hals trug. Er war leichtsinnig genug, ihr zu erzählen, wo das Schließfach war, aber damals hat er vermutlich nicht einmal im Traum daran gedacht, dass er irgendwann einmal versuchen könnte, sie zu betrügen. Warum er ihr nichts von dem zweiten Schlüssel erzählt hat, weiß ich nicht. Vielleicht hat er geglaubt, dass sie das wusste. Er hat ja sein halbes Leben im Hotel gelebt, und ist vermutlich davon ausgegangen, dass jeder so etwas weiß.«

»Aber warum hat er versucht, sie hereinzulegen?«, fragte Larsen. »Sie war schließlich seine Schwester und offenbar hatte er nichts gegen sie. Das war anders als mit dem Bruder.«

»Warum?«, fragte Høyer. »Ja, warum nicht? Es war ja so leicht. Ganz sicher hatte er nichts gegen sie, aber sie hat ihm auch nichts bedeutet. Das hat niemand. Und er hat bestimmt damit gerechnet, dass der Bruder ihr aus der Patsche helfen würde, und das hätte er wohl auch getan. Er fühlte sich als ihr Ritter, hat er mir gesagt. Und das war bis zuletzt so. Er hätte sicher versucht, sie für geistesgestört erklären zu lassen.«

»War sie das?«, meinte Therkelsen.

»Vielleicht«, sagte Høyer. »Das werden wir nie erfahren. Aber es war in jedem Fall damit zu rechnen, dass der große Bruder die Schulden der Schwester begleichen würde. Nur dem Indianer hätte er unter keinen Umständen fünf Millionen verehrt.«

»War es wirklich so viel?«, fragte Bach. »Wie zum Teufel ist sie auf die Idee gekommen?«

»Sie brauchte Geld«, sagte Høyer. »Sicher, alles ist relativ, aber ihr Verbrauch war enorm. Ihr Mann hatte ein gutes Einkommen als Direktor bei Schrøder, aber eben nur ein gutes, und auch ihr eigenes Vermögen warf einiges ab, bis sie das Kapital angegriffen hat. Das war, nachdem sie angefangen hatte, Drogen zu nehmen. Und in gewisser Weise kann man sagen, dass ihr Mann sie auf die Idee gebracht hat. Er ist ja gleich darauf eingegangen, als der Indianer ihm sein Angebot unterbreitet hat. Das er zuerst dem Bruder unterbreitet hatte. Aber da ging es um geringere Summen. Damals handelte es sich ja nur um den Transport. Ein paar hunderttausend Kronen standen auf dem Spiel und versprachen einen fetten Verdienst. Da hat er investiert.«

»Aber dann hatte der Indianer eine bessere Idee«, sagte Therkelsen. »Warum nicht selbst Waffen kaufen und verkaufen. Er hatte entdeckt, wie viel Geld damit zu machen war. Aber dazu brauchte er Kapital. Jacobsen traute sich nicht. Er hatte ja schon beim ersten Mal die Hosen voll. Ein ganz gewöhnlicher Mann, der der Versuchung erlegen war, schnelles Geld zu machen. Aber das war ihm zu groß. Und da ist die Schwester eingesprungen. Sie war ein anderer Typ. Sie hatte etwas von dem Indianer in sich. Sie hat ein Darlehen auf ihre Aktien und das Haus aufgenommen und geglaubt, sich einfach zurücklehnen und auf den großen Gewinn warten zu können.«

»Wann mag sie Verdacht geschöpft haben? Als sie gesehen hat, dass er die Wohnung verkauft hat?«

»Ich glaube, schon früher«, warf Høyer ein. »Aber das werden wir auch nie erfahren. Der Verkauf hat ihren Verdacht nur noch bestätigt und dann hat sie sich entschlossen, etwas zu unternehmen. Sie hat sich an Carsten Jensen gewandt, den sie kennen gelernt hatte, als er bei Schrøder angestellt war. Damals arbeitete sie selbst noch in der Firma, als Korrespondentin. Er wurde in die Schweiz geschickt, aber der Indianer war auf der Hut. Jensen schaffte es nicht, den Schlüssel an sich zu bringen, und ist ihm hierher gefolgt. Den Rest hatten wir ja im Großen und Ganzen erraten. Der Indianer war an dem Abend natürlich nicht bei der Schwester. Sie war die Letzte, die er aufgesucht hätte. Er hat Carl Jensen in der Stadt an der Nase herumgeführt und schließlich ist es ihm gelungen, ihn abzuschütteln. Dann ist er zum Kaj Lübkesvej hinausgefahren und …«

»Soll das heißen, dass Carsten Jensen gar nicht da draußen war?«, fragte Larsen.

»Doch, das glaube ich schon. Ich glaube, dass er zu Tania Jacobsen gefahren ist und ihr erzählt hat, dass ihm der Indianer entwischt ist. Oder er hat sie angerufen. Ich schätze, dass sie selbst ihn zum Kaj Lübkesvej gebracht hat. Als sie gesehen haben, dass die Polizei anrückte, hat sie ihn zu der Wohnung des Indianers gefahren, da sie davon ausging, dass er dort auftauchen würde. Vergiss nicht, dass sie ganz genau wusste, dass er nicht in die Wohnung eingebrochen war. Sie hat bestimmt damit gerechnet, dass man ihn gleich wieder laufen lässt«, erklärte Høyer.

»Worauf stützt du diese Theorie?« Bach sah Høyer an.

»Darauf, dass ihr Mann gesagt hat, dass sie an dem Abend gegen elf gefahren und erst einige Stunden später wieder nach Hause gekommen ist.«

»Sie *muss* geistesgestört gewesen sein«, sagte Larsen. »Den eigenen Bruder ermorden zu lassen.«

»Sie war verzweifelt«, sagte Høyer. »Wenn sie bis dahin nur Zweifel gehabt hat, wusste sie jetzt mit Sicherheit, dass er sie hereinlegen wollte. Fünf Millionen sind schließlich eine Menge Geld, nicht? Sie muss gefühlt haben, wie sich der Abgrund vor ihr auftat.«

»Hat sie oder hat Jensen auf dich geschossen?«, fragte Larsen.

»Sie natürlich«, sagte Høyer. »Er war längst über alle Berge. Vermutlich mit derselben Pistole, mit der sie heute Abend geschossen hat.«

Er streckte sich. Dann ging er zum Schreibtisch und sammelte die Papiere zusammen. Sein Gesicht sah alt und runzlig aus. Høyer war müde.

»Ich fahre dich jetzt nach Hause«, sagte Therkelsen. »Ich glaube, du solltest dich ein paar Tage flachlegen.«

»Eine letzte Frage«, sagte Bach. »Hat ihr Mann nichts gewusst?«

»Er sagt, nein. Er sagt, dass er erst gestern Nacht Verdacht geschöpft hat. Da war sie wieder weg. Am Vormittag hat er gehört, dass man auf mich geschossen hat. Und er merkte, dass sie auf dem Zahnfleisch ging.«

»Das tust du auch«, sagte Therkelsen. »Komm, Høyer. Wir fahren.«

Høyer ging langsam und steif zur Tür. Sein ganzer Körper schmerzte. Er war froh, dass es überstanden war.

Høyer lag der Länge nach ausgestreckt auf seinem Bett, die Arme hinter dem Kopf verschränkt. Seine Frau saß auf der Bettkante und sah ihn besorgt an.

»Ich glaube, ich habe dich noch nie so müde gesehen, Niels. Es war der reine Wahnsinn, heute arbeiten zu gehen.«

»Es musste sein«, sagte er.

»Ja, vielleicht«, sagte sie. Sie schüttelte den Kopf. »Was für eine Geschichte. Erst den Bruder und dann sich selbst.«

»Hmm«, Høyer gähnte. »Der Indianer hat immer geglaubt, dass man Verbrecher *spielen* kann. Dass man kein richtiger Verbrecher ist, wenn man seine Motive beschönigen und das, was man tut, rechtfertigen kann. Dass es in Ordnung ist, wenn die Gesellschaft korrupt ist oder man nur von den Reichen nimmt. Aber bevor du dich versiehst, *bist* du ein ganz gemeiner Verbrecher, der ganz gemeine Dinge tut. Daran ist er gestorben. Und seine Schwester auch.« Er seufzte müde. »Wenn mich jetzt jemand fragen würde, ob ich morgen pensioniert werden will, würde ich Ja sagen. Frau, mach das Licht aus, ich will vierzehn Tage schlafen.«

Seine Frau lächelte und löschte das Licht.

»Spannung«, murmelte Høyer schläfrig. »Nein, das ist nicht spannend. Das ist mühsam, das ist anstrengend, das ist manchmal ekelhaft und hin und wieder hoffnungslos. Vielleicht brauchen wir eine neue Gesellschaft, aber dann bräuchten wir auch neue Menschen. Mit ihnen ist etwas falsch. Mit uns.«

Seine Frau ging zu der Balkontür und blickte über die Stadt.

»In dieser Stadt wohnen hunderttausend Menschen«, sagte sie. »Und du kommst nur mit einem Bruchteil von ihnen in Berührung. Du kannst nicht den Rest der Welt nach ihnen beurteilen.«

Ein Blitz zuckte über den Himmel und wenig später hörte man einen fernen Donner.

»Heute Nacht gibt es ein Gewitter«, sagte sie.

Sie schloss die Balkontür und ging zum Bett. Høyer lag noch immer der Länge nach ausgestreckt da, die Decke bis zur Taille hinuntergeschoben. Sie sah den weißen Verband über seiner Brust.

»Hast du das gehört«, sagte sie. »Es donnert.«

Aber Høyer hörte nichts.

Er schlief.

Krimis von Kirsten Holst

Du sollst nicht töten!

Aus dem Dänischen von Paul Berf

ISBN 3-89425-501-3

»Die dänische Queen of Crime: Kirsten Holst sorgt mit ihrem Krimi, in dem es um eine Serie von Morden in Jütland geht, für Hochspannung.«

Neues Deutschland

Wege des Todes

Aus dem Dänischen von Hanne Hammer

ISBN 3-89425-510-2

»Die Charaktere sind sorgfältig gezeichnet, ihre Sprache ist authentisch und klar und die Atmosphäre sachlich und lebendig – bitte mehr davon!«

Lit4.de

In den Sand gesetzt

Aus dem Dänischen von Hanne Hammer

ISBN 3-89425-517-X

»In Dänemark sind die Romane der Holst Bestseller, Amerika hat ihr den Edgar-Allen-Poe-Preis verehrt. Vergnüglich die Motiv- und Mördersuche, genau die richtige Unterhaltung für längere Abende am Kamin.«

Blitz Leipzig

Zu lebendig zum Sterben

Aus dem Dänischen von Hanne Hammer

ISBN 3-89425-529-3

»Dieser Roman ist mehr als ein raffinierter Krimi.«

Buchprofile

Volles Haus

Aus dem Dänischen von Hanne Hammer

ISBN 3-89425-540-4

»Geradlinig und ohne viel Schnickschnack spinnt die Dänin Holst einen spannenden und vor allem logisch aufgebauten Plot, dessen Fäden sie zu jeder Zeit in der Hand behält.«

www.literature.de

grafit

Very British: Krimis von Susan Kelly

Tod im Steinkreis

ISBN 3-89425-502-1

Aus dem Englischen von Inge Wehrmann

»Wie der Held, so die Schreibe: konzentriert, solide, aber trotzdem humorvoll und voller Überraschungen. Wie schön, dass weitere Romane mit dieser Hauptfigur angekündigt sind.«

Badische Neueste Nachrichten

Und schlachtet das gemästete Kalb

ISBN 3-89425-512-9

A. d. Englischen v. Ingrid Krane-Müschen u. Michael J. Müschen

»... ein außergewöhnlich gut konstruierter, spannungsgeladener, mit untergründigem Humor gewürzter und zum Teil anrührender Krimi.«

tip Magazin

»Diese Serie ist das reinste Vergnügen!.«

Yorkshire Post

Schwesterkind

ISBN 3-89425-532-3

A. d. Englischen v. Ingrid Krane-Müschen u. Michael J. Müschen

»Susan Kelly legt ein Talent an den Tag, durch das die Charaktere ihrer Figuren so lebendig erscheinen, dass der Leser in den Sog psychischer Abgründe gerät und sich von ihm nicht mehr loszureißen vermag.«

Rheinische Post

Mördernest

ISBN 3-89425-544-7

A. d. Englischen v. Ingrid Krane-Müschen u. Michael J. Müschen

»Schuld und Sühne, Verzeihung und Rache – keine Idylle in Südengland. Susan Kelly schreibt moderne britische Krimis im allerbesten Sinne.«

Andrea Fischer, Der Tagesspiegel

grafit

Krim[illegible] von [illegible]en

Macbeth ist tot

Aus dem Finnischen von Regine Pirschel
ISBN 3-89425-509-9

»Outi Pakkanen erzählt äußerst spannend und temporeich. Stilistisch sicher baut die Autorin den Spannungsbogen und bevölkert die psychologisch dichte Handlung mit lebendigen Charakteren. Spannend und stimmig bis zum Schluss.«

do4u.de

»Dass gerade beim Theater nicht alles so ist, wie es nach außen scheint, macht die Autorin in ihrem Krimi mehr als deutlich: Menschliche Abgründe tun sich auf. … Spannende Unterhaltung ist garantiert.«

Bergsträßer Anzeiger

Party-Killer

Aus dem Finnischen von Regine Pirschel
ISBN 3-89425-519-6

»Die in Helsinki spielende Geschichte ist sowohl Psychogramm der so genannten besseren Kreise als auch Kriminalroman. Ein sehr solider, lesenswerter Krimi mit überraschendem Plot.«

Buchprofile

»Outi Pakkanens Romanfiguren geben immer wieder neue Hinweise, die auf neue Spuren führen. Das ist spannend und macht Spaß. Erfreulich ist auch die psychologisch stimmige und lebendige Zeichnung der Figuren. Nichts wirkt hier unglaubwürdig.«

schwedenkrimi.de

Aus dem Spiel

Aus dem Finnischen von Regine Pirschel
ISBN 3-89425-531-5

»Vor uns liegt ein einfühlsamer Krimi, basierend auf einem Geflecht von Hass, Neid und Eifersucht. Outi Pakkanen reiht sich damit ein in die Reihe erfolgreicher nordischer Krimiautorinnen.«

Neue Luzerner Zeitung